Vier phantastische Weltraumgeschichten

Gezeichnet von Franziska Rahn zu Raumgold

wissenschaftlich phantastische Geschichten II

Vier neue Weltraumgeschichten

Bisherige Veröffentlichungen von Peter Müller unter
wissenschaftlich-phantastisch

Phantastische Geschichten 1999
Leila, Roman 1999
Schwarzes Loch, Roman 1999

Impressum

Originalausgabe
1999
ISBN 3-89811-141-5
Umschlaggestaltung: Peter Müller
Innenabbildung: Franziska Rahn
Herstellung und Druck: Libri Books on Demand

> Raumgold 9 <

Kriminalistische Ermittlungen auf dem Jupitermond Rhea
führen zu einer von Robotern betriebenen Goldmine. Auf
raffinierte Weise verschwinden von dort erhebliche Mengen
des noch immer teuren und faszinierenden Metalls.

> Begegnung 47 <

Ein regulärer Raumtransporter gerät auf Kollisionskurs zu
merkwürdig geformten Meteoriten, die sich schliesslich als
etwas völlig anderes erweisen.

> Schöpfer 79 <

Radioteleskope empfangen Signaturen eines unbekannten
Raumschiffes das schließlich eine Landung in Amerika erzwingt.
Die Besucher sind von menschlicher Gestalt, ihre Handlungen
jedoch erscheinen inhuman und widersprüchlich.

> Fremde Intelligenz 131 <

Auf einem fernen Planeten geraten fünf Männer und eine
Frau in den Hinterhalt einer fremden, überaus seltsamen
Lebensform, die sie all ihrer zivilisatorischen Errungenschaften
beraubt. Völlig nackt scheinen sie ausgeliefert ...

Ich will in all meinen Geschichten und Romanen versuchen das Genre, »wissenschaftlich-phantastisch« wieder aufleben zu lassen – natürlich ohne ideologischen Ballast ... jedoch immer unter dem Aspekt, das die Zukunft schön, gut und lebenswert wird – auch wenn es zur Zeit nicht so scheinen mag. Beschreibungen von purer Gewalt, Brutalität und Blödsinn lehne ich ab.

Unter Blödsinn verstehe ich Geschichten wo unter völliger Unkenntnis technischer Details, Reisen von Maulwürfen und Nashörnern mit Segelschiffen zu anderen Sternen erfolgen. Worunter leider auch sogenannte »Bestseller« zu finden sind.

Sollte mein Vorhaben gelingen und etwas mehr als ein Zubrot dabei herauskommen, werde ich »wissenschaftlich-phantastisch« forcieren und vielleicht auch andere Autoren ansprechen.

Es ist mir den Versuch wert.

Peter Müller

Raumgold

Man nannte mich Kater. Das warum und wieso hat mit dieser Geschichte nichts zu tun und ist zu ihrem Verständnis absolut belanglos. Ich war zu der Zeit Raumschiffpilot, nicht Kommandeur, das war schon ein Unterschied! Ich steuerte ein Kleinraumschiff, einen sogenannten Floh, ganz allein nur mit Hilfe von Automaten. Auch die Flugroute stand fest, Jupiter- oder Saturnmonde, manchmal auch Uranus, selten Neptun. Ich beförderte keine aufregende Fracht. Meist Messgeräte, Werkzeuge, Ersatzteile, Waffen, ja auch Waffen ... am meisten jedoch Inspektoren, seltener Wissenschaftler oder Mineralogen. Eines aber hatten all meine Fluggäste gemein, sie redeten kaum, oder schwiegen sogar völlig. Die Wissenschaftler taten das, damit ihre Ideen gewahrt blieben und die Inspektoren, weil sie irgendwelche überraschenden Überprüfungen vornehmen wollten.

Ich hatte Bereitschaft auf der Erdmondbasis, *Gamma Vier* - eine langweilige Angelegenheit. Während dieser Zeit war ich praktisch eingesperrt,. in diese sechseckige Bienenwabe, fünf Meter im Durchmesser, fensterlos, mit vollklimatisierter Raumluft, fast steril. Die Wände bestanden aus orangerotem Kunststoff. An der Decke befanden sich gelbliche Lichtfolien, die eine schattenfreie, jeden Winkel ausleuchtende Helligkeit verbreiteten. Im Fußboden heizende Infrafolien, trittdämpfende Materialien, eingebaute Wandschränke, Speiseautomaten, Schnellreinigung, Abfallvernichtungslaser, WC, Rohrpost und ein allgegenwärtiges Computer- und Kommunikationssystem. In der Mitte des Raumes stand eine bis zur Decke reichende, durchsichtige Säule, gefüllt mit grünlich schimmernden, perlenden Wasser, darin Algen, Pflanzen, bunte exotische Fische. Gleich daneben befand sich die meist verschlossene Alarmöffnung im Boden, mit der darunterliegenden Rutsche zum Startplatz ...

Rechts davon ein flaches, hartes Bett, Clubtisch, vier Sessel, gegenüber ein verführerisches Lächeln im Rahmen. Leonardos *Mona Lisa*, darunter eine Bibliothek mit Speicherchips, Kinotek, Video und das irisblendenähnliche Eingangsschott. In diesem, oder einen der zahlreichen ähnlichen Räume wartete ich auf meine Einsätze. Selten nur geschah etwas um mich zu bemühen. Die hohen Herren benutzten doch meist die Großraumschiffe mit entsprechendem Komfort.

Trotzdem aber hatte diese Bereitschaft einen Vorteil. Denn wenn etwas passierte, war es meist sehr interessant. Fast ausschließlich wegen dieser möglichen Überraschungen mochte ich meinen Beruf. Es gab in solchen Situationen dann kaum etwas das ich lieber hätte tun mögen ... es sei denn auf einen Fernflug gehen, mit einem dieser Riesenschiffe – dazu aber war ich zu alt.

Ich lag auf meinem Bett und glotzte in die Röhre ... Röhre? war natürlich Unsinn, aber es hatte sich eben früher einmal so eingebürgert und ist bis heute so geblieben. Viele Leute mochten diese und andere antiquierte Wortschöpfungen. Obwohl nun mit 16 Kanal Ton, in Farbe und 3D, hieß dieser inzwischen zigarrenkistengroße Kasten, der ein frei im Raum stehendes Bild von zwei mal vier Metern erzeugte, dennoch Fernseher ...

Ich sah also fern, Karl May's Winnetou, zum zigsten Male, diesmal mit Pier Brice. Sie vermischten gerade ihr Blut, als es klopfte. Klopfte? Welch ein Witz im Zeitalter der absoluten Elektronik und totalen Kommunikation ...

Ich musste erst überlegen was in einem solchem Falle zu tun war. Ich räusperte mich überlaut und sagte: »Herein!«

Natürlich war das ein zweckloses Unterfangen. Auf dieses Wort hin konnte nichts geschehen. Ich drückte endlich die Taste meines Armbandcomputers. Die große Iris öffnete sich summend. Drei Männer standen vor mir – nur einen kannte ich, den Chef der Basis.

»Guten Abend!« stotterte ich überrascht.

»Keine Aufregung, Kater wegen der beiden Herren. - Sie haben doch Bereitschaft?

»Ja!«, ich nickte bekräftigend.

»Aber bitte, meine Herren kommen sie, nehmen sie Platz!« sagte ich noch immer irritiert und schaltete den 'Fernseher' aus. Ich setzte mich zu ihnen, an den runden gläsernen Tisch, schaute in die Runde und fragte: »Etwas zu trinken?«

Sie dankten förmlich.

Dem Chef war ich zum ersten Mal so nahe, bisher kannte ich ja nur sein Brustbild über Video. So vor mir wirkte er beträchtlich älter, jedoch bei weitem nicht so streng und erhaben. Er hatte schon schütteres Haar, war ziemlich spitz, überhaupt sehr schlank und zierlich, so in den Fünfzigern, vielleicht auch schon darüber. Er schien ruhig und gelassen. Nur seine Augen waren ständig in Bewegung, wenn sie auf mir ruhten, stachen sie ...

»Ja, Kater ... ich bin gekommen um ihnen diese beiden Passagiere anzuvertrauen, sie müssen so schnell wie möglich zum Uranus!«

»Auf den Planeten?« fragte ich ungläubig.

Sein Blick drohte mich zu durchbohren als er sagte: »Natürlich nicht! – Hören sie Kater, keine weiteren Fragen und Schweigen gegen jedermann. Der Auftrag ist streng vertraulich!«

Ich muss wohl ein recht verdutztes Gesicht gemacht haben, denn er fügte in besänftigendem Tonfall hinzu: »Die Zielkoordinaten erhalten sie während des Fluges!«

Er wartete einen Moment, schien zu überlegen, ehe er weiter sprach ...

»Dieser Herr hier, ist Oberst ... der Name tut nichts zur Sache, kommt von der höchsten Raumsicherheit!«

Der Mann war schon im sitzen ein Riese, er überragte mich um Kopfeshöhe, sicher, aber er hatte dafür sehr kurze Beine, sonst wäre es mir im Stehen aufgefallen ... Wie ein Oberst aber sah er nun wirklich nicht aus – eher wie ein Leichtathlet, zumindest so sympathisch. Nur sein Alter und das durchschnittliche Gesicht stand im Widerspruch zu seinem imponierenden Körpermaßen. Er nickte mir freundlich zu ...

»Und hier haben wir unseren Oberinspektor«, wieder zögerte mein Chef, ehe er weiter redete. »Von der Abteilung ,RK'!« (Raumkriminalistik)

Ein kleiner Dicker mit Bauch, der im Sitzen eine deutlich sichtbare Falte bildete. Eine ähnliche, kleinere Falte zeigte sich auch unter seinem Kinn, genau an der Stelle des sonst sichtbaren Halses. Der Schalk schien in seinem fast sechzigjährigen Gesicht Quartier bezogen zu haben. Dieses ständige Grinsen schien überhaupt der Normalausdruck seines Gesichtes zu sein – ein merkwürdiges Gespann ...

Diese beiden, ausgestattet mit umfassenden Vollmachten, würde ich also in den nächsten Tagen zum, oder zumindest Richtung Uranus fliegen. In geheimer Mission, sozusagen. Ein fast erheiternder Gedanke was den kleinen Dicken betraf, der mir gerade wider freundlich zunickte.

»Eines noch, Kater!« erinnerte mein Chef. »Die beiden Männer sind zwar raumtauglich, wurden aber noch niemals in solch einem kleinen Schiff geflogen. Sehen sie sich bitte etwas vor!« er schmunzelte bei seinen letzten Worten und erhob sich.

»Wann ist es recht?« fragte ich zurück.

»Wir müssen noch einige Unterlagen ergänzen, sagen wir in zwei Stunden!«

Die Herren standen auf und gingen wortlos. In meinem Kopf arbeitete es. Ich könnte den Dispatcher, Korn, über Video rufen – er würde sicher sagen können, was das alles auf sich hat. Ich konnte zwar keinen Namen nennen, aber nach der Beschreibung der Beiden wäre es wohl nicht allzu schwer. Doch halt, >was sagte der Oberst? – Streng vertraulich?«

Trotzdem rief ich Korn an - er erschien auf dem Schirm.

»Ja Kater, was gibt es?«

»Gleich eine Gegenfrage – liegt bei dir etwas an, generell oder auch speziell für mich?«

Er schaute auf einen nicht sichtbaren Bildschirm, dann wieder zu mir und schüttelte seinen Kopf.

»Nein nichts, warum fragst du?«

»Ich will mich nur richtig ausschlafen und nicht gestört werden«, log ich.

»Kannst du, Kater, da ist wirklich nichts abzusehen. Ich glaube auch nicht, dass sich in den nächsten Stunden da etwas ändern wird! - Sonst noch was?«

»Nein, danke, ich hau' mich hin – Ende!«

>Er wusste nichts, nur gut, dass ich so vorsichtig war. Also wirklich ein Geheimauftrag. Das kann ja heiter werden, wenn nicht einmal der Dispatcher der Mondbasis etwas wusste?<

Der Start lag schon Stunden hinter uns. Die beiden schweigsamen Männer saßen neben mir in der Kanzel. Vor mir das Sensorpult, die Steuerung, Instrumente mit bunten Skalen, Oszilloskope, Schreiber, Vektormeter, darüber der Weltraum als Breitwand mit den eingeblendeten, sich schnell ändernden Koordinaten ...

Der kleine Dicke schmunzelte noch immer, er drehte sich zu mir.

»Ist schon ein anderes Gefühl, mit solch einem Floh zu reisen«, er reckte sich, schnallte sich ab und ruderte etwas unbeholfen an mir vorbei.

»Ich gehe, äh, schwebe in meine *Kombüse*, mich ausstrecken. Ihr braucht mich doch nicht, oder?«

»Nein, nein«, meinte der Oberst beiläufig. Allein mit mir sagte er, einen leichten Vorwurf in der Stimme: »Na Kater, war denn das nötig vorhin?«

»Sie meinen die Kurve«, fragte ich unschuldig. Er nickte und sagte: »Mir macht das nichts, aber unser Inspektor ist nicht mehr der Jüngste«.

Ich grinste verschmitzt, ohne darauf zu antworten und fragte meinerseits: »Oberst, können sie mir schon sagen, wo es eigentlich hingehen soll?«

»Nein Kater, erst später, keine Ungeduld, ich verfolge den Kurs genau, habe selbst einmal einen solchen Floh geflogen. Übrigens, wenn wir am Ziel sind, könnte ich sie gebrauchen. Würden sie mitmachen? «

»Ohne zu wissen worum es sich handelt? « Fragte ich.

Er sah mich abschätzend an, so als kenne er meine Antwort bereits. Ich überlegte, sagte aber dann: »Sicher Oberst, besser als gelangweilt zu warten. Ich mache mit, egal worum es sich dabei handelt!«

»Egal, Kater?«

»Warum betonen sie das so, Oberst? Wird es ein Selbstmordkommando?«

»Das nun gerade nicht, aber es kann schon gefährlich werden! – Können sie mit einer Strahlwaffe umgehen?«

»Oberst, sie müssten das eigentlich wissen ...!«

»Sie haben natürlich recht Kater, ich habe recherchiert ... spielen sie Schach?«

Wieder stellte er mir eine solche Frage. Wollte er mich irritieren? Ich jedenfalls konnte mir nicht denken das ein Oberst vom Sicherheitsdienst über meine Person nicht allumfassend informiert war – offenbar handelte es sich um so eine dämliche Taktik ... irgendwie fühlte ich mich im Nachteil. Dieser Mann wusste sicher alles über mich und ich kaum etwas über ihn, nicht einmal seinen Namen und schon gar nichts über diesen mysteriösen Auftrag ...<

Ich holte die Figuren. Wir spielten mehrere Partien, von denen ich die meisten verlor. Sicher lag es auch daran das ich nicht so richtige bei der Sache war, denn für gewöhnlich spielte ich gar nicht so schlecht. Ich machte häufig Flüchtigkeitsfehler. Obwohl wir stundenlang spielten, ließ sich der Inspektor nur selten sehen – zum Essen allerdings immer. Doch auch wenn er bei uns war, sagte er nicht mehr als unbedingt nötig. Fragte man ihn, bewegte er nur seinen Kopf, so als wäre er stumm. Wegen seines unablässigen Grinsens wurde er mir allmählich unsympathisch – obwohl er sicher nichts dafür konnte ... es musste irgend etwas mit seiner Gesichtsmuskulatur zu tun haben ...

Ab und zu überprüfte ich den Kurs und korrigierte die Automaten. Doch alles war völlig normal.

Drei Tage Raumflug lagen hinter uns, wieder saßen wir in der Kanzel beisammen. Bald würde das interessante Schauspiel des Vorbeifluges am Jupiter und seinen zahlreichen Monden beginnen. Aber zu dieser Zeit war anscheinend noch ein anderer, mir unbekannter Grund mit im Spiel ...

Der Oberst schaute intensiv auf meine Instrumente, die er von seinem Sessel gut überschauen konnte. Schließlich holte er seinen Taschencomputer aus dem Overall und tippte in schneller Folge etwas ein. Als er schließlich hoch schaute ...

»Es ist soweit, Kater. Darf ich ihre Funkanlage benutzen?«

»Und wenn ich nein sage, würde das etwas ändern?«

Er grinste breit, trat ans Pult und ließ seine Hände über die Frequenzprogrammierung gleiten. Ich hielt ihm die Kopfhörergarnitur hin, doch er schüttelte seinen Kopf. »Das können sie alles hören!«

»Hier Oberst«, er zögerte, *7324*, wir passieren gerade Jupiter, unser Endziel ist Aktion Uranus-Mond! – Haben sie verstanden, Uranus Mond.

»Verstanden, Uranus-Mond läuft an!«

»Gut! Kein weiterer Funkkontakt, das ist ein Befehl!«

»Jupiterbasis an 7324, habe verstanden – kein weiterer Funkkontakt – Ende!«

»So, Kater!« Er drehte sich zu mir. »Nun brauche ich einen Schraubendreher, vier Millimeter!«

Ich kramte im Werkzeug, fand einen und gab ihm dem Oberst. Er trat ans Pult, schraubte den Deckel der Funkanlage auf, langte mit gezieltem Griff hinein und zog das Sendemodul heraus.

»Was soll das?« entschlüpfte es mir. Der Oberst schaute mich herausfordernd an.

»Für alle Fälle!«

»Haben sie etwas mit mir vor Oberst?«

»Mit ihnen Kater – und soviel Aufwand? Nein! Aber sie werden gleich eingeweiht. Nicht wahr, Oberinspektor?«

»Tun sie was sie für richtig halten Oberst«, erwiderte der. »Ich glaube nicht, das Kater damit irgend etwas zu tun hat!«

Der Oberst nickte und wandte sich an mich.

»Also, Kater, was wissen sie über den Saturnmond Rhea?«

»Die Rhea, Durchmesser 1530 km, erdmondähnlich, Dichte 1,33 ...«

»Halt, halt, ich meine nicht seine, oder ihre physikalischen Parameter!«

»Was dann, Oberst?«

»Warum tun sie so unwissend? Sie waren doch schon einmal dort!«

»Ich, auf diesem Mond? – Nein Oberst! Ich war im Orbit, aber niemals auf seiner Oberfläche!«

»Also im Orbit, Kater. Wozu?«

»Ich habe dort zwei Männer abgesetzt!«

»Was, im Orbit?«

»Ja, sie wurden von einem anderen Schiff übernommen!«

»Wann war das?«

»Vor Drei, Vier Jahren schon!«

»Wer erteilte den Auftrag?«

»Ich hatte keinen.«

»Sie sind einfach so, schwarz, ohne Anweisung zum Saturnmond Rhea geflogen?«

»Nein, Oberst!«

»Wie dann, nun erzählen sie doch schon!«

»Nun, ich hatte den Auftrag zwei Wissenschaftler vom Neptun abzuholen. Den Hinflug machte ich leer. Da baten mich die beiden sie mitzunehmen, sie boten sogar Geld. Ich lehnte ab, nahm sie aber trotzdem mit!«

Der Inspektor wurde lebendig ...

»Aber Kater, das war eine eindeutige Pflichtverletzung!«

Er schaute mich an, mit diesem eigenartigen Grinsen das keines war. Ich konnte deswegen nicht erkennen wie er es meinte.

»Ich weiß, Inspektor. Aber jemanden Mitzunehmen, wer macht das nicht mal? – Und es war vor Jahren!«

»Trotzdem, Kater, war es ein Fehler.«

»Ja, natürlich war es einer, aber wollen sie mich nun nach so langer Zeit dafür zur Rechenschaft ziehen?«

»Das hängt von Ihnen ab, wie sie kooperieren.«

»Wobei?«

»Bei unseren Ermittlungen zur Wahrheitsfindung!«

»Ermittlungen, gegen mich?«

Der Inspektor grinste noch immer.

»Unsinn!« mischte sich der Oberst ein. »Wir haben Kater nach allen Richtungen hin überprüft, er hat keine Ahnung! – Das aber mit den beiden Anhaltern, ist mir allerdings neu.«

»Ja Oberst, mir auch. Es könnte vieles erklären«, sagte der Inspektor und wandte sich wieder zu mir.

»Kater, die Beiden müssen sie mir beschreiben!« er holte etwas umständlich Papier und Bleistift aus der Jacke. Eine antiquierte Methode, und begann sich Notizen zu machen. Ab und zu richtete er sein grinsendes Gesicht auf mich.

Als er seine Fragen gestellt hatte, die ich ihm so gut ich konnte beantwortete, begann er zu erklären ...

»Zuerst – wir fliegen nicht zum Uranus! *Uranusmond* ist nur ein Deckname. Wir fliegen zum Saturnmond, Rhea! Dort existiert eine der größten Goldminen außerhalb der Erde. Roboter betreiben den Abbau. Kein Mensch überwacht sie. Es ist ein langwährender, autonomer Versuchsbetrieb!«

»Gold?« fragte ich geschockt, verwundert und erschüttert ...

»Gold auf dem Jupitermond ... wer hätte das gedacht? Nie ist mir davon etwas zu Ohren gekommen!«

»Das ist schon in Ordnung, Kater, es ist ja auch streng geheim, nur ein paar Eingeweihte wissen darum!«

»Und dorthin wollen wir nun. – Wozu?«

»Das aufgetretene Defizit zu klären!«

»Defizit? Sie meinen die Roboter unterschlagen ...?«

»Es sieht zumindest ganz danach aus!«

»Das wäre ja eine ganz neue Art von Kriminalismus – Roboter als Goldräuber! Ist der Schaden denn groß?«

»Sagen sie es ihm ruhig Inspektor!«

»Vor drei Jahren 20 Tonnen, vor zwei Jahren 30 Tonnen und letztes Jahr 40 Tonnen, das sind aber nur theoretisch ermittelte Mengen!«

»Teufel, Teufel«, ich rechnete, überschlug. »Das geht ja in die hundert Millionen ...«

»Ja Kater, und die Experten haben für die laufende Produktion noch eine wesentliche Steigerung vorhergesagt!«

»Können nicht falsche Berechnungen, oder gar technische Defekte die Ursache bilden?«

»Eben das wollen wir herausfinden, Kater!«

»Das ist ja richtig aufregend!«

»Ich habe mir gedacht das sie das sagen werden. Ja tatsächlich, der Ruf des Goldes ist wieder erwacht!«

»Gold«, sagte der kleine Inspektor. »Dieses Wort hat nichts von seiner magischen Kraft eingebüßt!«

»Mag schon sein«, antwortete ich. »Doch fasziniert es mich nicht, weil ich es besitzen möchte. Was sollte ich damit? Es bringt nur Ärger und mir fehlt auch so nichts. Nein, aber die Gedanken, Assoziationen, die diesem Wort anhaften, üben etwas exotisches, mystisches aus! – Wie viel Kriege, Kämpfe, Morde, Unmenschlichkeit kleben an diesem Metall. All das Unglück das es Einzelnen gebracht hat. Hat es nicht Zeiten gegeben wo sich alles nur um dieses schrecklich, schöne Metall drehte, wo ihm alles geopfert wurde, wo es mehr galt als das Leben von Menschen!«

»Ja Kater, sie sehen das nüchtern. Ihre Einstellung entspricht der heutigen Realität, doch offenbar denken noch immer nicht alle Menschen so!«

›Alle Menschen?‹ ich stutzte. »Sie meinen Roboter?« berichtigte ich laut.

»Roboter, Kater? – Glauben sie im Ernst, dass Roboter Gold stehlen?«

»Man könnte es glauben, vielleicht sollen wir gerade das glauben!«

Der Inspektor mischte sich ein.

»Ach Unsinn, für die Roboter ist Gold nur ein Metall wie jedes andere. – Wenn, dann stecken mit Sicherheit Menschen dahinter. Oder, Oberst?«

»Ganz gewiss, Inspektor!«

»Jetzt verstehe ich«, sagte ich. »Diese ganze Geheimnistuerei, der Ausbau des Sendemoduls ...«

»Wirklich Kater, wir mussten alles vermeiden was Aufsehen erregen konnte! Nicht das ich ihnen nicht über den Weg traue, aber *Sicherheit ist die Mutter der Porzellankiste*«!

»Genug jetzt!« sagte der Oberst scharf. »Kater, an die Steuerung. Wir werden direkt am Saturn vorbei, durch die cassinische Teilung fliegen, im Schatten der Ringe bleiben, um die Rhea von der sonnenabgewandten Seite anzusteuern. Wir landen auf der Nachtseite, etwa drei Kilometer von der Mine entfernt. Wir werden auf Raumanzüge und unsere Füße angewiesen sein. Es könnte sein, dass wir wieder Erwarten doch auf Menschen stoßen – wir wären dann die Überraschten. Ich aber habe den Überraschungseffekt lieber auf meiner Seite.

»Und die Roboter, Oberst?« fragte ich.

»Bemerken werden die uns schon, aber nur als Menschen denen sie nicht schaden dürfen!«

»Wozu aber dann Waffen?«

»Weil ich mir nicht sicher bin, es könnte doch etwas veränddert worden sein!«

»Ja aber, wie wollen wir dann überhaupt ...?«

»Kater, ich bin nicht nur Oberst, sondern auch Roboterspezialist, so wie sie Hobbyelektroniker!«

Das hat gesessen. Ich schaute ihn überrascht an, der Mann wusste ja bestens Bescheid!

»Inspektor, jetzt wird es interessant, wir durchfliegen das Ringsystem«, sagte ich. Sein ewig grinsendes Gesicht bekam einen gelangweilten Ausdruck.

»Kalter Kaffee, Kater!« ich schaute ihn erstaunt und fragend an und der Oberst schaute mich an.

»Machen sie sich nichts daraus Kater, unser Inspektor hat keinen Sinn für Naturschönheiten. Wir sind uns da schon ähnlicher. Ich war genau wie sie schon Dutzende Male in dieser Region, aber jedes Mal wurde ich vom Anblick dieser Ringe überwältigt. Es ist schon herrlich, allein wegen der Farben, diesen zahlreichen Abstufungen innerhalb der Ringe und den vielen Monden und Möndchen!«

Ich nickte ihm zu, so ähnlich empfand auch ich.

»Was interessiert sie denn?« fragte ich den Inspektor.

»Architektur, Kater!«

»Moderne?«

»Wenn sie schön ist, mich interessiert eigentlich alles was Menschen geschaffen haben!«

»Nicht so bescheiden Inspektor«, mischte sich der Oberst ein. »Sie müssen wissen, Kater, er war jahrelang bei den ägyptischen Pyramiden, aber auch bei den Tempeln der Majas in Mittelamerika, er hat sich da kriminalistisch betätigt!«

»Kriminalistisch bei den Tempelanlagen?«

»Aber Oberst«, sagte der Inspektor vorwurfsvoll. »Sie schmücken da wieder viel zu viel aus – ihre Phantasie! Ich habe mich da lediglich mit der Goldgewinnung, und der Verarbeitung beschäftigt. Ich versuchte den Werdegang nachzuweisen – von der Suche bis zum fertigen Schmuckstück!«

»Und, ist es ihnen gelungen, Inspektor?«

»Zum Teil ...«

Ich nickte und sagte: »Eine sicher sehr schöne und interessante Beschäftigung!«

Bei diesen Worten kam es mir wie eine Erleuchtung ...

»Inspektor?« fragte ich rundheraus. »Dann ist es sicher kein Zufall das gerade wir drei hier sind?«

»Gut erfasst Kater. Wie sie selbst bemerkt haben, verfügen wir drei über ganz spezielle Kenntnisse, die bei unseren Aktivitäten von größtem Nutzen sein können!«

»Ich verstehe Oberst, ein von langer Hand vorbereitetes Unternehmen!«

»Ja Kater, doch nun achten sie auf die Landung!«

Im Schutze der Dunkelheit setzte ich den Floh in eine felsige Senke, einige Kilometer vom Punkt $\succ$x$\prec$ entfernt. Ein paar Stunden schlafen war angesagt. Endlich wieder unter Schwerkraft, auch wenn sie dort nur gering war.

Den Aufbruch hatten wir für den frühen Morgen, kurz nach Sonnenaufgang eingeplant.

Der Aufgang der fernen Sonne bot hier ein so einmaliges und grandioses Schauspiel, das wir, dass heißt eigentlich nur der Oberst und ich, einige Zeit vertrödelten. Ich erlebte so etwas zum ersten Male auf einem Saturnmond. Eben noch schwarze Nacht, von Sternen und drei Möndchen spärlich beleuchtet, brach genau im Zenit, sichelförmig aus dem Schwarz, ständig heller werdend das Licht hervor. Es wirkte wie eine Sonnenfinsternis auf der Erde im Schnelldurchgang. Als sich die Sonne von dieser riesigen, dunklen Kreisscheibe trennte, schien sich der Himmel zu teilen. Die westliche Hälfte beherrschte die Sonne, den östlichen Teil hingegen nahm fast vollständig der riesenhafte, vom Zenit bis zum Horizont reichende Saturn, mit seinem Ringsystem ein. Ein majestätischer Anblick, dieser Himmelsriese hing zum Greifen nah, schien herabfallen zu wollen. Je mehr sich die Sonne von ihm entfernte, das Gegenlicht einer schrägen Beleuchtung wich, desto reizender wurde sein Anblick. Schattiertes, hundertfach gestuftes Grau, wechselte mit Gebieten zartester Pastelltönung. Die Struktur der tausendfachen Ringabstufungen vermittelte mit ihrem Glitzern ständig wechselnde Eindrücke. Das Spiel der Varianten schlug uns in seinen Bann.

Wir wurden schließlich unterbrochen, von diesem Dritten Raumanzug, der über die Steine geklettert kam, klein und rundlich – der Inspektor. Er eilte an uns vorbei. Wir mussten ihm folgen, um nicht den Anschluss zu verpassen.

Eine gute Stunde kraxelten wir über Geröll, Bruchsteine, einzelne Blöcke. Der Inspektor war uns, trotz seiner ungünstigen Körperproportionen immer voraus. Wie machte er das nur?

Plötzlich aber, ohne erkennbaren Grund, eilte der Oberst vor. Er hatte wohl etwas gesehen, schließlich überragte er den Inspektor um Kopfesgröße. Er drehte sich zu uns um und deutete mit seiner Handbewegung uns kleiner zu machen.

Hinter einem letzten Felsgrad lag flaches, abfallendes Gelände, anscheinend der Ringwall des Kraters. In seiner Mitte sahen wir Kuppelbauten, die sich aber so flach an den Boden schmiegten, das sie sich vom umgebenden Gestein nur wenig abhoben. Nur ab und zu spielten Lichtreflexe. Den Hintergrund der Szene bildeten die schwarzgraue Schüttkegel der Abraumhalden. Etwas seitlich davon verschwand gerade ein Raupenschlepper in einem Stollengang.

»Wo sind die Roboter?« fragte ich.

»Dort Kater, diese unbeweglichen Kegel! Benutzen sie doch ihre Anzugoptik«

Ja, nun sah ich besser.

»Ich hatte sie für abgestellte Geräte gehalten, die sehen ja aus wie ... Halmafiguren!«

»Ein hübscher Vergleich, Kater. Haben sie die Sorte schon einmal gesehen?«

»Nicht das ich wüsste, allerdings interessierte ich mich auch noch nie sonderlich dafür«, gab ich zu bedenken.

»Das entschuldigt sie Kater«, meinte grinsend der Inspektor. »Übrigens gibt es nur hier diese Versuchsreihe.«

≻Das war wieder so etwas. Warum musste mir der Inspektor solche Fallen stellen? Traute er mir noch immer nicht, oder lag es in der Natur seiner Tätigkeit?≺

»So ihr Beiden, hört mir bitte genau zu«, sagte der Oberst. »Ich werde voraus gehen und so eine Halmafigur erlegen. Kater und sie, Inspektor, laufen rechts und links neben mir, im Abstand, sagen wir von zwanzig Meter, mit entsicherten Waffen. Sollte ich wieder Erwarten doch angegriffen werden, machen sie sofort von den Waffen Gebrauch. Keinerlei Zurückhaltung, es sind nur Roboter. Ich hoffe aber trotzdem das es nicht nötig werden wird!«

»Sie wollen direkt ran, Oberst, ist das nicht zu gefährlich?«

»Haben sie eine bessere Idee?«

Nein, ich hatte keine.

»Könnte ich das nicht, Oberst?«

»Vom Prinzip her sicher, Kater, nur fehlt ihnen die Erfahrung im Umgang mit Robotern. Ich muss innerhalb ihrer Reaktionszeit von etwa zwei Sekunde die Schutzkappe öffnen, ein paar Tasten drücken, allerdings die Richtigen ... gehen sie da niemals ran Kater, es ist lebensgefährlich und außerdem ein Befehl von mir!«

»Verstanden, Oberst!« sagte ich mit deutlich militärischer Übertreibung.

Ich wurde aus dem Oberst nicht so recht schlau. Einesteils gab er sich freundschaftlich, ja kameradschaftlich, andererseits aber hob er seine Befehlsgewalt überdeutlich hervor. Hatte er das nötig?

Acht dieser Halmafiguren standen in Reih' und Glied. Wir näherten uns mit den Waffen im Anschlag, jederzeit einen Angriff erwartend. Der Oberst war fast schon bei ihnen, als Bewegung in ihre Formation kam. Er stockte ... ich hob meinen Strahler, zielte. Doch der Oberst winkte ab. Die Roboter wollten überhaupt nicht angreifen, sie wurden nur zufällig abberufen. Oder, nein! – Ein gleißend heller Punkt erschien über dem Ringkrater ...

»Oberst! Inspektor!« brüllte ich ins Mikrofon. »In Deckung, ein Raumschiff!«

Einige Meter zurück, lag ein wuchtiger, monolithischer Steinblock. Wie die gejagten Hasen sprangen wir in Deckung und verbanden uns über Kabel – Funkkontakt hätte uns verraten können.

Doch hatten wir noch mehr Zeit als wir glaubten, das was da zur Landung ansetzte war eines dieser Frachtraumschiffe, über hundert Meter hoch und entsprechend früh hatten wir es bemerkt, zum Glück. Seine Landestelle lag gerade noch weit genug entfernt um uns nicht in Gefahr zu bringen.

»Na Oberst« sagte ich. »Schwein gehabt!«

»Verdammt!« fluchte er. »Wer sollte denn damit rechnen? Diese Landung ist völlig außerplanmäßig. Das wird ein Nachspiel haben bei den Verantwortlichen – uns so zu gefährden. Hundert Meter näher und wir wären geröstet worden. Ich verstehe nur nicht – die oberste Raumbehörde wusste doch Bescheid das wir zu der Zeit hier sind!«

Inzwischen war der Großtransporter gelandet. Der Monolith hatte uns sicher geschützt. Ein heißer Staub aber streifte uns trotzdem noch ...

Die Rampe wurde herab gelassen und acht neue Halmafiguren entstiegen, marschierten im Gleichschritt!

»Oberst, die kommen zu uns!« sagte ich verschreckt.

»Nur Ruhe, Kater, die werden genau dort Aufstellung nehmen, wo vorher die Ankommenden standen!«

»Woher wollen sie das wissen, Oberst?«

»Weil diese Roboter nur manuell programmierbar sind, ihre Auftraggeber aber vorher nicht wissen konnten, das wir hier sind. Selbst wenn sie uns bemerkt hätten, würden sie also trotzdem wie ursprünglich vorgesehen handeln!«

Es stimmte!

Inzwischen bestiegen die anderen Halmafiguren den Transporter. Doch blieb es dabei noch nicht. Zahlreiche andere Automaten und Fahrzeuge wurden ausgetauscht. Zu guter Letzt lud man Container mit erheblichen Abmaßen aus.

»Keine Menschen, Oberst?«

»Nein! Diese Schiffe fliegen vollautomatisch. Wir lassen uns aber trotzdem auf keinen Falle sehen!«

»Vielleicht beobachten sie das Gelände!« meinte der Inspektor

Der Oberst zuckte mit den Schultern ...

»Oberst?« fragte ich. »Was könnte in den großen Containern sein?«

»Das überlege ich mir auch schon. Vielleicht Ersatzteile für die Fräser und Bohrköpfe. Das Gestein ist hart und der Verschleiß sicher hoch!«

Ich schüttelte unbeabsichtigt meinen Kopf, der Inspektor musste es durch sein Sichtfenster bemerkt haben.

»Was verstehen sie nicht, Kater?«

»Die tauschen so viele intakte Roboter aus ...?«

»Die Menge, Kater erscheint ihnen zu hoch und was noch?«

Mir fiel es wie Schuppen von den Augen ...

»Inspektor, Oberst! Jetzt weiß ich was mir anfangs so merkwürdig an den Robotern vorkam? Sie hatten nicht den geringsten Kratzer, sie wirkten völlig unbenutzt und wurden trotzdem ausgetauscht!«

»Kater, sie verblüffen mich!« sagte der Inspektor. An den Oberst gewand fragte er: »Haben sie das gemerkt?«

»Nein erst jetzt, nachdem er es sagte. Kater hat absolut recht. Haben sie noch eine Idee Kater?«

»Hab ich, sagte ich. Könnte das Gold nicht in den Robotern versteckt sein?«

»In den Robotern, Kater? – Es wäre immerhin eine Möglichkeit. Warten wir bis der Transporter weg ist.«

Gute zwei Stunden rollte noch die Aktion, wir trauten uns nicht aus der Deckung, dann endlich flog er ab. Ein heisser Atem fegte den Startplatz leer.

Wir verwirklichten unsere ursprüngliche Absicht und besichtigten zuerst die Schüttkegel. Der Inspektor hoffte etwas zu finden, doch wusste er nicht wonach er suchen sollte.

Hinter dem Abraum, halb verschüttet, fanden wir etwas sehr merkwürdiges ... meterhohe Haufen von Blechen, Verkleidungen von Robotern ...

»Edelstahl«, sagte der Inspektor beim hochheben.

»Kater, suchen sie doch mal Bleche die nicht nachträglich zerschnitten wurden!«

Ich suchte eine ganze Zeit sehr aufmerksam, fand aber keines.

»Fällt ihnen nichts auf?« fragte er mich.

»Etwas zu viele Verkleidungen!« war meine ehrliche Überzeugung.

»Das meine ich nicht, Kater, passen sie mal auf!« er kramte zwischen den Blechen, legte einige zusammen, deren Schnittkanten so in etwa passsten ...

»Sehen sie, Kater, die Bleche wurden mit einem Laser zerschnitten. Aber warum?«

»Sie werden beschädigt worden sein, um sie nicht versehentlich wieder zu verwenden, wurden sie unbrauchbar gemacht! – Ich mache das auch so mit völlig defekten Teilen!«

»Sicher, ich verstehe das, Kater, diese Methode ist bestimmt begrüßenswert, besonders um Irrtümer auszuschließen. Aber hier war ...«

»Ich hab's, Inspektor«, fiel ich ihm ins Wort. »Diese Bleche hatten überhaupt keine Schäden, nicht einmal Beulen und trotzdem hat man sie zerschnitten!«

»Richtig erkannt, Kater – nur können sie sich darauf einen Reim machen?«

»Fehler in der Programmierung?« fragte ich unsicher.

»Sind möglich, aber gleich in solch großer Menge«, hörte ich den Oberst sagen. Er hatte inzwischen weiter gesucht und noch andere solcher zerschnittenen Bleche gefunden. Die meisten ohne den geringsten Kratzer.

»Sie wurden mit Sicherheit im Neuzustand zerschnitten. Doch was gibt das für einen Sinn?«

Was wir entdeckten war ein unumstößlicher Fakt dafür, dass hier etwas nicht stimmte, nur kamen wir einer wie auch immer gearteten Lösung kein Stück näher ...

Auf unserem Rückweg begegneten uns einzelne Roboter. Der Oberst entschloss sich zu einem Radikalschritt. Er hob seine Waffe, führte einen gezielten Lasertreffer. Der letzte Roboter der Reihe fiel ...

Wir warteten bis die *Luft* rein war und begannen in aller Eile mit seiner Zerlegung. Der Oberst kannte anscheinend jede Schraube, jede Steckverbindung. Unter seiner Leitung entwirrten wir die letzten Winkel der Roboterinnereien – bis ich den goldenen Klotz triumphierend zwischen meinen Händen hielt. Der Oberst trat zu mir und lachte.

»Ja Kater, das sieht zwar wie Gold aus, ist aber eine Messinglegierung – der Kasten enthält sein E-Hirn!«

Enttäuscht warf ich ihn zu den anderen Ausbauteilen ...

»Und ich dachte immer das Steuerzentrum von Robotern sei im Kopf, oder wenigstens oben!«

»Aha, Roboter nach der Anatomie des Menschen? Das ist reinste Nostalgie. Zu viele *Robotermärchen* gelesen, was? Nein, Scherz beiseite. Gold ist in diesem Roboter keines. Unsere Theorie muss falsch sein. Doch trösten sie sich, ich hatte eine ähnliche Vermutung!«

Ich schaute überrascht zu ihm, er war ehrlich. In seiner Position versuchen Vorgesetzte sonst meist eigene Fehler zu übergehen, sie herunter zu spielen, er tat es nicht. Es machte ihn mir wieder sympathischer. Ein Oberst der zugibt Fehler zu machen bekommt irgendwie sehr menschliche Züge!

Was nun? Der Platz unseres Wirkens sah aus als hätte ein Raubvogel ein Federvieh gerissen. Die Äsung, sprich Teile, des *Halmaroboters* lagen wild verstreut über mehrere Quadratmeter des Felsbodens.

»Na, Oberst? Fragte ich scherzend. »Wieder zusammen bauen?«

»Sie werden lachen, aber unter anderen Bedingungen würde es mir sogar Spaß machen. Den lassen wir hier liegen! – Übrigens Inspektor. Was meinen sie? Unser Verdacht war falsch, wie sollen wir nun weiter vorgehen?«

»Wir sollten uns einmal im Stollen umsehen, vor Ort, sozusagen.«

»Sicher sollten wir das Nächstliegende zuerst erledigen. Gefahr von den Robotern geht wohl keine aus. Der Zerlegte hatte noch seine originale Programmierung – die anderen sicher auch, es spricht also nichts dagegen.«

»Wollen wir uns von diesem einen Beispiel schon überzeugen lassen? Ich halte das für riskant, Inspektor«, mahnte ich.

»Natürlich, Kater, sie haben recht. Wir müssen schon aufpassen, wozu haben wir unsere Waffen!«

Der Stollen führte uns mit gleichbleibenden Gefälle abwärts und der Boden wirkte tadellos bearbeitet, fast wie geschliffen. Überhaupt herrschte allergrößte Sauberkeit. Ob es nur an den fehlenden Menschen lag, die doch überall die eigentlichen, potentiellen Verunreiniger waren?

Aus der Stollentiefe drang gleißende Helligkeit, die selbst die starken Lampen unseres Lichtroboters noch übertraf. Zusammen mit dem Licht drang allerdings auch erheblicher Lärm zu uns. Jedoch kein Staub, wie eigentlich zu erwarten gewesen wäre ... bei Schürfarbeiten.

»Ihr könnt zurückbleiben«, rief der Inspektor über Funk. »Ich muss unbedingt ganz nach vorne!«

Langsam entschwand er unseren Blicken, das gleißende Licht verschluckte seine Konturen. Der Oberst sah ihm besorgt nach und sagt zu mir: »Kater bleiben sie hier, ich werde ihm ein Stück nachgehen, es könnte ihm etwas zustoßen ... Leider kennt nur er sich mit dem Gold so gut aus – sonst wäre ich statt seiner gegangen! Sollte etwas unvorhergesehenes eintreten, rufen sie über Funk!«

»In Ordnung, Oberst, ich werde warten!«

Schnellen Schrittes verschwand er bald schon aus meinem Sichtbereich. Die Minuten schleppten sich endlos dahin. Viel zu oft fragte ich die Uhr ab und war enttäuscht, wenn gerade einmal eine Minute verstrichen war. Ich war praktisch allein, dieses Gefühl begann mich zu beherrschen. Von den beiden keine Spur und auch kein Funkruf. Ein banges Gefühl bemächtigte sich meiner. Ich zog die Waffe und entsicherte sie, fühlte das kalte Metall durch den Handschuh, doch das erwartete, größere Sicherheitsgefühl blieb aus. Was, wenn ich wirklich allein bliebe, auf diesen ungastlichen Mond, wenn ich die beiden niemals wiedersehen würde? Der Gedanke trieb mir eine Gänsehaut über den Rücken, ein Gefühl von Angst würgte mir im Hals.

Der Lichtroboter stand in seiner grenzenlosen Teilnahmslosigkeit neben mir und warf seine Lichtkegel in die Richtung voraus. Wusste ich ob nicht hinter mir, in der absoluten Dunkelheit eine Gefahr auf mich lauerte? Ich gab dem Roboter den Befehl sich umzudrehen. Sein Licht blendete mich, ich trat hinter ihn. Ja so war es wesentlich beruhigender. Helligkeit zum Stollenausgang und Helligkeit von vorne. Eigenartig warum ich das nicht gleich so geordert habe? Jetzt fühlte ich mich wirklich sicherer.

Minuten später rief ich über Funk, bekam aber keine Antwort.

Zwanzig Minuten verstrichen. War etwas geschehen? Ich kämpfte mit mir, sollte ich nicht doch hinterher? Ich überwand meine Sorge, dachte an den Oberst, seinen Befehl ... ich blieb noch weitere Zwanzig Minuten, noch Zehn Minuten ... Gleich würde ich ... Doch es blieb mir erspart, zwei Gestalten, menschliche Gestalten wankten heran, der Oberst stützte den Inspektor!

»Ist etwas geschehen?« fragte ich besorgt.

»Nein, nein«, erwiderte der Inspektor schwach. »Nur diese Hitze! Dort wird nicht geschürft, sie schmelzen das Erz!«

»Habt ihr denn meinen Funkruf nicht gehört?«, fragte ich.

»Nein, aber wir hatten schon ähnliches vermutete. Dieses Gestein ist so metallhaltig, das es die Funkwellen einfach schluckt!«

»Metallhaltig? Sie meinen goldhaltig!« verbesserte ich ihn.

Der Inspektor hatte sich wieder ein wenig erholt und sagte noch immer keuchend: »Ja Gold, alles Gold! Auf der Erde wäre es in dieser Zusammensetzung undenkbar, eine Riesenader löst die nächste ab! Hier lagern viele Millionen Tonnen. Unsere Geologen hatten recht, die Ausbeute hätte ständig steigen müssen. Es erscheint mir nun sicherer denn je, hier wird Gold in erheblichen Mengen unterschlagen!«

»Doch wie?«, wandte ich ein. »Der Transportraumer kann aber damit nichts zu tun haben. Es wurde doch weiter nichts eingeladen, als Roboter und Arbeitsmaschinen. Vielleicht verfolgen wir hier eine ganz falsche Spur? Sollten wir uns nicht doch in den Kuppelhallen umsehen?«

»Da wird uns wohl gar nichts anderes übrig bleiben, Kater.«

»Kommt bloß aus diesem Stollen«, sagte der Inspektor. »Man bekommt ja Platzangst! Ich schlage vor die ganze Sache erste einmal zu überschlafen!«

»Auch ich bin hundemüde«, sagte der Oberst. »Und in solchem Zustand lässt die Aufmerksamkeit sowieso nach!«
Stolpernd schleppten wir uns, mehr oder weniger erschöpft zu unserem Schiff. Unter die heiße Dusche und schlafen, schlafen.

Am nächsten Tag teilten wir uns auf, damit jeder für sich die Hallen in Augenschein nehmen konnte. Weil wir uns relativ sicher fühlten, wir nirgendwo belästigt wurden, ließen wir sogar unsere Waffen stecken.

Wenn ich auf kleine Gruppen von Robotern traf, griff ich jedoch immer wieder instinktiv zur Waffe, ich traute diesen Halmafiguren nicht!

Vier Hallen sollte ich besichtigen. In der Dritten traf ich auf Silberbarren, ich kümmerte mich jedoch nicht weiter darum, schließlich sollte ich Gold suchen!

Ich lief durch viele Gänge, vorbei an aufgestapelten Barren, so als wäre es meine ganz normale Tätigkeit. Ich sah mich sehr genau um, aber außer den Silberbarren sah ich nichts was meinen Verdacht hätte erregen können – und auch dort peinliche Sauberkeit wie in einer Bank!

In der hinteren Ecke der Halle, unmittelbar neben den gestapelten Silberbarren, führte eine Wendelschräge in die Tiefe. Da sie sehr gut beleuchtet war, ging ich herab, zog vorsichtshalber meine Waffe ... Ich gelangte schließlich in einen Raum, deren genauen Verwendungszwecke ich nicht in Erfahrung bringen konnte. Lediglich eine Stanze, mehrere Pressen und eine kleine Walzstraße erkannte ich genau. Der Raum aber war leer, die Maschinen abgestellt und Roboter keine zu sehen. Alles machte auf mich den Eindruck als wäre er längere Zeit nicht benutzt worden. Ich hätte aber nicht sagen können warum.

Ich verließ ihn schließlich. Ohne Probleme, betrat ich wieder die Halle ... Als ich über Helmfunk hörte: »Oberst, die Sache ist faul!« sagte offenbar der Inspektor.

»Was haben sie denn entdeckt?« hörte ich den Oberst fragen.

»Was? Das hier viel mehr Gold lagert als je zur Erde geschafft wurde ...«

»Wo seit ihr?« rief ich dazwischen.

»Kommt heraus, wir treffen uns in der Mitte des großen, gepflasterten Platzes!«

Ich war der Erste, die beiden kamen etwas später. Der Inspektor hielt uns sein Notizpad hin.

»Seht mal, das hier sind grob überschlagen Zwanzig bis Fünfundzwanzigtausend Tonnen – allein in einer dieser Hallen und auch die anderen sind fast voll!«

»Was, kein Irrtum möglich?« fragte der Oberst überrascht.

»Nein!«

»Ja, dann fehlt ja überhaupt nichts – es wurde nur noch nicht abtransportiert!«

»Es sieht ganz so aus. Hiermit kann man all die Differenzen erklären. Offenbar ein Planungs- und Ausführungsfehler. So sind nun auch die außerplanmäßigen Ersatzteillieferungen erklärbar. Bei solch enormen Fördermengen, muss der Verschleiß entsprechend groß sein!«

»Mir ist nur schleierhaft wieso das nicht schon früher überprüft wurde, es ist doch das naheliegende!« sagte ich enttäuscht.

»Eine bodenlose Schlamperei!« ergänzte der Inspektor.

»Wir sollten das aber auch einmal anders sehen«, meinte der Oberst. »Das Überprüfen war von je her problematisch, es bedeutete immer Aufsehen, genau wie auch besondere Geheimnistuereien. Ich bin kein Freund davon. Immer sickert

34

etwas durch, wir sind alle nur Menschen. Leider aber gibt es noch immer Außenseiter der Gesellschaft, die nur auf ihre Gelegenheit warten, die alles riskieren, besonders wenn es sich um Gold handelt. Sollten diese Minen hier erst einmal publik werden, müssten wir die gesamte Region total abschirmen, verbunden mit allen Nachteilen einer Einengung im Freizügigkeitsverkehr der näheren und ferneren Umgebung. Jede Person die auch nur in die Nähe käme, müsste als potentieller Goldräuber eingestuft werden. Wir Drei können uns doch sicher vorstellen was solch eine totale Abschirmung kosten würde ...? Bestimmt die Hälfte oder auch mehr des gestohlenes Gewinnes. Sie wissen doch, die Überprüfung der Überprüften, eine Kette ohne Ende! Ganze Flottenverbände wären nötig. Aber auch das entgegengesetzte wäre möglich. Freier Zugang für alle. Jeder erhält Schürfrechte. – Doch wäre das nicht ein Rückschritt in die Zeit des alten Amerika, Klondicke und so? Jeder übervorteilte jeden! Und viele Tote säumten den Weg. Besser wäre es dann wohl die Rhea zu sprengen!«

»Ja Oberst, das sehe ich auch so. Doch nun – sind wir hier praktisch fertig. Kein verschwundenes Gold, keine Tat, keine Täter! Wir müssen nur noch alles abholen lassen!«

Der Oberst nickte enttäuscht und verzog seinen Mund ...

»Ja, Kater, es sieht ganz so aus, man hat aus einem Gespinst von Vermutungen und Behauptungen eine Goldaffäre konstruiert!«

»So hatte ich mir die Lösung nicht vorgestellt!« konstatierte der Inspektor. »Einfach all der Aufwand sinnlos, völlig unnötig.«

Auch ich machte mir natürlich so meine Gedanken. ≻Konnte nicht, trotz aller Aufklärung, eine uns unbekannte Absicht dahinterstecken? Was, wenn die entsprechenden

Leute doch vorher von der geplanten Inspektion etwas erfahren hätten? Vielleicht versuchte man mit dieser großen Menge Gold nur von einem kleineren Gaunerstreich abzulenken und uns in Unschuld zu wiegen. Doch wie sollten diese fiktiven Leute auf der Stelle soviel Gold anhäufen? Das ist doch nur möglich in einem jahrelangen Prozess ...‹

»Oberst!«

»Ja, Kater?«

»Ich weiß nicht wie ich es ausdrücken soll. Ich habe da so ein Gefühl, vielleicht werden wir absichtlich getäuscht. Man wirft uns einen großen Brocken vor, damit wir die kleineren nicht bemerken sollen!«

»Inspektor!« sagte der Oberst. »Was meinen sie zu Katers Gefühlen?«

»Gefühle? Ich verlasse mich nicht auf so etwas. Verdacht und Beweise, ja – aber nur wegen irgendwelcher Empfindungen?

»Handeln sie denn nie intuitiv?«

»Doch schon, im Privatleben, aber nie im Dienst!«
Der Oberst schüttelte seinen Kopf.

»Ja Kater, ich muss ihnen trotz der widersprüchlichen Einstellung des Inspektors beipflichten. Auch ich habe so ein verschwommenes Gefühl, das mir sagt, suche weiter es war noch nicht die Lösung die du gefunden hast!«

Das Grinsen des Inspektors war einen Augenblick lang verschwunden, als er sagte: »Ach, macht was ihr wollt! – Oberst, sie haben das Sagen und wenn Kater auch ihrer Meinung ist, suchen wir weiter! Jagen wir eben einem Hirngespinst nach!«

»Aber Inspektor, wenn sie total dagegen sind ...?«

»Was, wollt ihr mir die Entscheidung mit aller Verantwortung nun zuschieben?« protestierte er fast schon böse.

»Nein Inspektor, keiner will ihnen etwas zuschieben, sie brauchen da nichts zu entscheiden!« meinte der Oberst. »Morgen werden wir uns noch einmal gründlich umschauen. Die Container müssen wir noch untersuchen, vielleicht werden die uns noch weiterhelfen – jetzt aber zu unserem Minischiff, etwas essen!«

Eine weitere Exkursion lohnte an diesem Tag nicht mehr.

Der Inspektor schaute mich an.

»Was machen wir jetzt Kater, haben sie Karten?« ich nickte.

»Nur keine Karten«, stieß der Oberst hervor. Schach allerdings würde ich spielen!«

Wir schauten fragend zum Inspektor ...

»Spielt nur Schach«, sagte er. »Ich werde meine Notizen durchsehen und ordnen, vielleicht fällt mir noch irgend etwas auf, dass uns weiterhelfen könnte?«

Ich holte die Figuren, das Brett, stellte sie auf, nahm je eine weiße und eine schwarze Figur in die Hand, vertauschte sie mehrmals und fragte: »Rechts oder links?«

»Rechts sagte er. Er hatte die Weißen und begann. Ich setzte meinen Königsbauern zwei Felder vor.

»So beginnt er also«, sprach der Oberst vor sich hin und erwiderte mit dem rechten Turmbauern, ich konterte mit meinem linken Pferd. Dabei heftete sich sein Blick auf meine Hand.

»Einen schönen alten Ring haben sie da, Kater!«

»Ja, ein altes Erbstück, noch von meinem Urgroßvater, 750 er Gold«, sagte ich ...

Wie von der Tarantel gestochen sprang der Oberst auf, er warf dabei das Schachbrett mit Figuren zu Boden und brüllte: »Inspektor!« er sprang zu ihm und rüttelte ihn an den Schultern. »Unser Gefühl hat nicht getäuscht, wir haben etwas ganz entscheidendes außer Acht gelassen! Kommen sie!« dabei

zerrte er den Inspektor regelrecht von seinem Platz, schob ihn
zu mir heran.

»Sehen sie sich mal Katers Siegelring an – 750 Gold, Weißgold - Mann! Begreifen sie doch! Die Roboterverkleidungen
sind es, sie bestehen aus Weißgold! – Erinnert euch an die
zum Rücktransport bestimmten Roboter – sie standen in Reih'
und Glied. Kater hatte es richtig erkannt, sie waren unbenutzt,
hatten noch niemals in den Minen gearbeitet. Man hat einfach
ihre Außenverkleidungen ausgetauscht, gegen goldene ... Seht
euch nur diesen Ring an, die gleiche metallische weiße Farbe,
nicht von dem normalen Edelstahl zu unterscheiden!«

Der Kleine Dicke Inspektor grinste noch mehr als sonst.

»Eine bestechende Theorie, Oberst! Nur wo ist der Beweis?«

»Den finden wir! – Sagen sie, Inspektor, worin unterschei-
det sich denn Weißgold vom normalen, gelbfarbenen Gold?«

»Es ergibt sich aus der Zusammensetzung, den Zuschlag-
stoffen. Bestimmte Metalle wie etwa Nickel, Palladium, Pla-
tin Iridium sind in der Lage das Gold zu entfärben. Bei Nickel
genügen schon 13,5%, bei Palladium sind es 16% die aus
normalem Gold ein weißliches, edelstahlfarbenes Metall machen können. Das heißt in die flüssige Goldschmelze wirft
man die entsprechende Menge Palladium, vermischt sie und
schon erhält man Weißgold!«

»Das bedeutete aber doch, dass man diese Zusätze unbedingt braucht. Gibt es denn die hier Inspektor?«

»Nein, hier kommen diese Metalle überhaupt nicht vor, sie
müssen von anderswo angeliefert werden. Wenn aber nur wie
bei Palladium 16% benötigt werden, sind das keine so großen
Mengen, und der Preis von Palladium beträgt nur ein zehntel
des von Gold!«

Ich war sprachlos, meine anfängliche Idee war durchaus richtig, als ich vermutete das Gold sei in den Robotern versteckt. Nur eben etwas anders. – Das man Gold einfach so entfärben konnte ... Wie sollte ich das wissen? Wenn nicht einmal ein Goldfachmann spontan auf diesen Gedanken kam? Wäre beim Schachspiel sein Blick nicht auf meinen Siegelring gefallen, hätten wir noch lange vergeblich suchen können, oder aber wir hätten den wahren Sachverhalt niemals erkannt. Ich hatte noch einen Einfall ...

»Inspektor, diese Zusatzmetalle, könnten die nicht in den Ersatzteilen enthalten sein?«

»Gewiss Kater, sie könnten nicht nur enthalten sein, sie könnten völlig daraus bestehen, zumal Palladium selbst eine sehr ähnliche Metallfarbe wie dieser hier verwendete, besondere Edelstahl hat und außer dem noch sehr leicht und gut zu schmelzen und zu bearbeiten ist!«

Der Oberst wurde nachdenklich ...

»Ja, Kater, das hört sich alles sehr gut an, hoffentlich aber ist unsere Euphorie berechtigt. Es ist bisher weiter nichts als eine gut passende Theorie. Wir haben keinen einzigen Beweis!«

»Der zerlegte Roboter!« erinnerte ich. »Wir brauchen nur noch die Bleche zu testen!«

Als wir am nächsten Tag den zerlegten Roboter suchten, fanden wir ihn nicht mehr. Wir gingen weiter, zum Platz mit den halbkugeligen Lagerräumen. Dort begegneten uns einige Roboter, doch sie hatten alle verschrammte, schmutzige Gehäuse, bis auf einen, der uns gleich auffiel. Seine Oberfläche glänzte tadellos. Auch der Oberst hatte es bemerkt. Er gab uns ein Zeichen, schlich sich an und sprang den Roboter von hinten an, öffnete die Klappe, legte ihn still. Sofort begannen wir mit der Demontage seiner Verkleidung. Von unserem vorherigen Roboterschlachten, kannte ich in etwa das Gewicht eines solchen Bauteiles. Ich schätzte es auf gut 30 Kilogramm. Ich griff also die Verkleidung, kantete sie ab ... Hätte der Oberst nicht sofort zugefasst, wäre ich von dem Gewicht umgerissen worden. Die Verkleidung wog fast des Dreifache. Solch ein Gewicht hätte ich allein so nicht halten können. Vor allem, weil ich damit überhaupt nicht gerechnet hatte. Auch der Inspektor half schließlich. Gemeinsam hievten wir die Verkleidungsbleche auf den Boden. Der Inspektor klopfte daran herum, trat mit dem Stiefel darauf und verbog ein Blech – bei Stahl wäre das wohl ohne Werkzeuge unmöglich ...

»Gold, tatsächlich Weißgold, es hat etwa das dreifache Gewicht von diesem Leichtstahl – ihr hattet recht. Doch nun beherrscht euch, wir müssen noch zu den Containern!«

Mit seinem Strahler im Anschlag ging der Oberst uns voraus, er zerstörte die Verriegelung. Der Inhalt ... Roboterverkleidungen. Ich trat zum Oberst, half die Bleche herauszuziehen ... sie waren tatsächlich leichter – aber trotzdem schwerer als die Originalstahlbleche!«

Der Inspektor besah sich die Bleche genau und meinte: »Tatsächlich, es scheint sich wirklich um Palladium zu handeln, soweit man das ohne Prüfmittel vermuten kann. Doch ergeben sich dadurch nun weitere Fragen. Warum haben wir nirgends Weißgoldbarren gefunden? Das Prinzip ist uns wohl allen klar, diese Palladiumbleche wandern in die Schmelze. Wohin aber gehen dann die fertigen Weißgoldbarren und wer macht daraus die Bleche?«

»Wir müssen weiter den direkten Weg verfolgen. Vielleicht geschieht das in der Reparaturwerkstatt?«

»Dort«, rief ich. »Ein einzelner Roboter! – Er kam aus der hintersten Halle!«

»Vielleicht haben wir Glück, versuchen wir's!«

Wir eilten über den Platz, zur letzten Halle, es handelte sich tatsächlich um die Werkstatt. Zwei Roboter nahmen gerade einem Dritten die Verkleidung ab und legten sie auf einen Stapel, um die von einem anderen Stapel wieder anzubauen. Wir wurden überhaupt nicht beachtet. Der Oberst konnte ungestört an ihnen vorbei gehen, griff sich je ein Blech, von den verschiedenen Stapeln und verglich ... Wir halfen die so verschieden schweren, aber fast gleich aussehenden Bleche nebeneinander zu stellen. Abgesehen davon das eines zerkratzt war und leicht war und das andere schwer und makellos unterschieden sich die Bleche nicht in ihrem metallenen Farbton. Der Inspektor befühlte die Oberfläche ...

»Eine bis ins Detail abgestimmte Goldlegierung, der Augenschein verrät nichts, nur eben das Gewicht. Ich denke das sollte als erster Beweis reichen!«

Mir fiel noch etwas wichtiges ein ...

»Oberst!«

Er schaute mich an.

»Ich glaube das nun noch fehlende Glied gefunden zu haben. – Als ich meine Hallen besichtigte, stieß ich auf vermeintliche Silberbarren. Jetzt aber wird mir klar, es muss sich schon um Weißgold gehandelt haben – und dann diese Fabrikation, im Keller darunter. Bestimmt wurden dort die Barren zu Blechen gewalzt und zu Verkleidungen geschmiedet!«

»Warum Kater, haben sie das nicht schon früher gesagt?«

»Warum? Ich hielt es doch für Silber, wir aber suchten nach Gold!«

»Sie haben recht Kater, unter diesen Umständen hätten wir das wohl alle angenommen. Nun scheint sich für uns der Fall wirklich abzuschließen. Wir haben Beweise für eine bewusst gesteuerte Manipulation gefunden und können bestätigen das tatsächlich große Mengen Gold unterschlagen und abgezweigt werden.

Stunden später beschäftigte ich mich in der Kanzel.

»Was machen sie da Kater?« stand urplötzlich fragend der Oberst hinter mir.

»Haben sie mich erschreckt, Oberst!«

»Das war auch beabsichtigt. Was haben sie jetzt an der Kommunikationseinheit zu spielen? Sie versuchen doch nicht etwa den Sender in Betrieb zu nehmen? Das wäre Verrat, Kater!«

»Ach Unsinn – außerdem haben sie ja das gesamte Modul entfernt ...«

»Ihnen als Hobbyelektroniker dürfte es nicht allzu schwer fallen ...«

»Das schon, Oberst, doch nichts der gleichen, das versichere ich ihnen. – Ich hatte eine Idee und suchte Nachrichten ...“

»Nachrichten? Geheime Nachrichten? Ach sie manipulieren die Empfänger!«

»Ja, so etwas ähnliches. Ich hatte mir nämlich überlegt wie die Roboter sich über das Vorhandensein von Gold gegenseitig informieren könnten. Wie können sie wissen wo Gold, Palladium oder Stahl ist?«

»Ach nein, Kater was sie nicht sagen – daran habe ich lange vor ihnen gedacht und ihren Funkverkehr automatisch überwacht ... ich habe doch diesen Scanner ...«

»Wieder so ein Geheimnis, Oberst? – Zeigen sie mal her!«

»Nein – sie denken ich bin zu dämlich einen Scanner zu bedienen!“

»Das nicht gerade. Bitte Oberst ich muss ihn sehen ...«

Der Oberst löste seinen Armbandcomputer ...

»Auch noch getarnt«, meinte ich grinsend als ich danach griff. »Und wie gelangt man an die Funktionen?«

Der Oberst sprach eine Zahlengruppe – augenblicklich veränderte das Gerät seine Äußere Form ...

»Oh, neueste High Tec«, sagte ich bewundernd und fuhr die Frequenzbereiche auf und ab ...

»Nein, sie sind nicht zu dumm, Oberst, nur die Gauner, mit denen wir es hier zu tun haben müssen, sind raffinierter!"

»Was? Das erklären sie mir, Kater!

»Das mache ich nur unter der Voraussetzung dass sie mir nicht wieder einen Strick daraus drehen.«

»Ich verspreche es, sie Erpresser, solange uns ihr Rechtsbruch von Nutzen ist!«

»Das ist er gewiss, Oberst!«

»Dann raus damit, Kater!« Auch der Inspektor trat näher ...

Ich fasste in meine Hosentasche und holte ein Glasröhrchen hervor, öffnete es und griff mit dem Finger hinein.

»Darf ich Oberst?« fragte ich.

Er nickte und ich drückte ihm meinen Finger auf die Stirn ...

»Kater, was soll dass?« fragte er etwas böse.

»Es handelt sich um einen Subminiatursender im Leberfleckdesign ... mit einer Reichweite von einigen Dutzend Metern. – So und nun schalten wir mal ihren Scanner ein!«

»Hab ich mir doch gedacht!« sagte ich. »Es ist nichts zu hören!«

»Geben sie her Kater, geben sie mir meinen Scanner zurück! Das ist einfach unmöglich. Ihr Sender funktioniert nicht! Dieser Scanner findet alles!«

»So, meinen sie, dann passen sie mal auf!«

Ich veränderte meinen Empfänger, schaltete einen kleinen Monitor ein ... ein Bild erschien, von mir und der Kanzel, in Farbe sogar.

»Was ist das?« fragte der Oberst verwirrt.

»Was das ist? Ihre Kamera ...!«

Er fasste sich an die Stirn. Augenblicklich wurde der Monitor von einer großen Hand verdunkelt ...

»Zum Teufel!« fluchte der Oberst und kratzte sich den Fleck vom Kopf und heftete ihn mir auf die Stirn. Nun war er im Blickfeld der Kamera ...

»Ist denn mein Scanner defekt?«

»Nein, keineswegs, nur liegt der Frequenzbereich außerhalb des üblichen! – Und genau das will ich damit sagen, diese Roboter besitzen ähnliche Sender! Gerade vorhin hatte ich schwache Signale empfangen!«

»Mensch, Kater sie sind ja ein ganz gewiefter Schweinehund«, sagte er freundschaftlich und klopfte mir herzhaft auf die Schulter. »Nun wissen wir endlich, wozu wir einen Elektronikbastler hier haben!«

Ich empfand Stolz bei seinen Worten ...

»Können sie mein Gerät entsprechend ändern?«

»Wohl kaum – zu hochintegriert. Aber ich habe hier ein passendes Handgerät. Marke Eigenbau!«

»Prima, Kater – kommen sie ...«

Als wir uns den blanken Robotern näherten, spracht mein Gerät an, allerdings sahen wir keine Bilder. Was ich empfing waren binäre Signalketten ...

»Kater, können sie das aufzeichnen?«

»Bin schon dabei ...«

Die Auswertung später im kleinen Raumer brachte eine Überraschung ... solch ein Algorithmus wurde noch niemals auf der Erde verwendet. Jeder der sich mit Computersystemen auskannte wusste es sofort >0 bis 9< und >A bis F< – darauf baute sämtliche Hard- und Software auf. Dieser codierte Algorithmus aber ging von 0 bis 18 ... Kein Computer der Welt könnte damit umgehen.

»Sind die Diebe Außerirdische? – Oder wurden irgendwo in der Welt heimlich neue Computersysteme entwickelt? – Und wenn, alle weiteren Ermittlungen waren nicht mehr unsere Aufgabe. Wir hatten nun eindeutig bewiesen das dort etwas nicht stimmte und das große Mengen Gold tatsächlich beiseite geschafft wurden und noch immer werden. Wer wirklich hinter allem steckte und woher das außerplanmäßige Transportraumschiff kam, damit sollen sich andere befassen. Die Führenden Leute der obersten Raumbehörde werden sowieso recht erstaunt sein, was Inspektor? – Übrigens Kater, was halten sie davon unser Mitarbeiter zu werden? Männer wie sie können wir immer brauchen. Ein abwechslungsreicher Arbeitsplatz ist ihnen sicher, sie haben es ja selber erlebt!«

Ich schaute ihn prüfend an, der Mann meinte gewiss was er sagte ... ich würde es mir überlegen!

* * *

Begegnung im Raum

Sie hat den Kampf mit den Unkräutern für heute beendet. Als sie sich schließlich erhebt, schmerzt ihr Rücken und die Knie sind irgendwie steif ...

Auf zweiundzwanzig Grad Celsius steht die Programmierung, gerade angenehm. Die Lichtverhältnisse entsprechen einem Spätsommernachmittag in Mitteleuropa. Blinzelnd schaut sie nach oben; die Doppelreihen der Xenonhochdruckstrahler blenden trotz der gedrosselten Lichtstärke. Etwas weiter wiegt sich das schon reife, goldgelbe Weizenfeld träge im Luftstrom. Sie lenkt ihre Schritte in das wogende Gelb, fasst im vorbeigehen in die Ähren, reibt sie zwischen den Fingern. Ja der Reifegrad stimmt, die Ernte kann schon in ein paar Tagen beginnen.

Sie freut sich schon auf das Geräusch ihrer Sense im fallenden Stroh, den Geruch beim aufstellen der Garben, danach den Stoppelacker ... es erinnert sie an zu Hause, ihr kleines Dorf und auch an Großvater ... er leitete einen Landmaschinenpark, mit Hunderten von effektiven Automaten ...

Aber ganz für sich, hinter seinem kleinen Haus, war immer einen Schlag Roggen oder Weizen. Nicht um irgendeines Gewinnes wegen – nur so, ganz allein zur Freude. Körner für seine Hühner und um eigenes Brot zu backen ... verteidigte er sich immer.

Es war in jedem Jahr ein feierlicher Augenblick, wenn er seine Sense holte, sie dengelte, danach umständlich den Schleifstein mit Futteral umschnallte, wenn er mit dem feuchten Stein das Sensenblatt entlang fuhr und dieses eigenartige Geräusch erzeugte, wenn er dann den ersten Schnitt führte ...

Immer machte er neue Farbfotos, schrieb das Jahr dazu und die Ausbeute.

Besuchern präsentierte er diese Bilder manchmal auch zweimal. Ihr gefiel diese Naturverbundenheit, heute eigentlich mehr als früher. Und nun hat sie hier ihr eigenes Feld. Doch da ist nicht nur dieses Feld, da ist auch noch der Garten und Hühner. Aber auch die Arbeit in der Küche gefällt ihr, sie stellt die herrlichsten, natürlichen Menüs zusammen.

Alles frisch aus ihrem Garten, versteht sich. Konserven verwendet sie nur wenig, dafür gibt es jede Woche einmal gebratenes Huhn, frisch geschlachtet. Es entspricht nicht ihrer Aufgabe an Bord, denn offiziell ist sie als Raumärztin dabei, sie, ADA, die Frau des Kommandanten – ihm hat sie auf der letzten Reise einen schwierigen Weisheitszahn herausoperiert und mir vor einigen Wochen den Blinddarm.

Sie Beide und das Navigatorpaar fliegen schon fast zwanzig Jahre zusammen, immer wieder diesen Kurs und haben es sich gut eingerichtet auf diesem alten Kahn, er ist zu ihrem Zuhause geworden. Das ganze Milieu hat Ähnlichkeiten mit der längst vergessenen Donauschiffahrt vergangener Jahrhunderte. Auch damals fuhr man ein ganzes Leben lang, Stromauf- und stromab.

Ihr Raumschiff, die *Rea*, ist einer jener gewaltigen Raumtransporter, fast dreitausend Meter lang. Er gehört damit zu den größten Konstruktionen die jemals den Raum befuhren.

Auch der Kurs des Schiffes ist immer der selbe. Erdumlaufbahn, Neptunmond, Nereide – Sharon bis Geros. Geros, die Erdaußenstation, befindet sich genau ein Lichtjahr von der Sonne entfernt. Ein Horchposten schon sehr weit draußen im Raum, frei von allen planetarischen Störnebelfeldern. Diese Insel im Raum wurde künstlich, von Menschenhand geschaffen, aber dennoch groß genug um über eigene Gravitation zu verfügen. Zu ihrer Erstellung hatte man Unmengen Kometen- und Meteortrümmern zusammen getragen und sie teils durch Gitterkonstruktionen, teils durch Magmaverschmelzung zusammen gefügt. Dieser scheinbar wilde Trümmerhaufen beherbergt die empfindlichsten Empfangsgeräte aller Couleur. Von Funkanlagen über Laser, Neutrinodetektoren bis Strahlungs- und Teilchenzähler. Die wichtigste Aufgabe dieser Basis besteht in der Suche extraterrestrischer Signale, hintergründig natürlich die Suche nach intelligentem Leben ganz allgemein. Man hofft auf eine Bruderzivilisation zu stoßen. Ein Wunschtraum? Vielleicht.

Diese Einrichtung soll eine Welt für sich sein, mit einer nur noch winzigen, kaltglitzernden Sonne, die einem Stecknadelkopf in schwarzem Samt gleichkommt ...

Noch aber befinden wir uns auf dem Flug dorthin. Ab und zu werden wir von kleineren, schnelleren Schiffen angeflogen, meist wegen irgendwelcher technischen oder medizinischen Probleme. Besonders aber wohl, weil es durch die Eigenrotation zu einer gleichmäßigen, immer vorhandenen Schwerkraft kommt, die wiederum für einige Arbeiten Unerlässlich ist und natürlich auch noch wegen der Besonderheit des Antriebes, einem Fusionsreaktor mit Wasserstoffstützung, der Umkehrung eines MHD-Generators, der einen besonders gleichmäßigen und erschütterungsfreien Schub erzeugt.

Diese Begegnungen bringen oft die nötigen Abwechslungen in die kleine Gemeinschaft und unterbrechen die Eintönigkeit auf eine angenehme Weise.

Zwischen den alten Hasen und uns besteht ein ruhiges und freundschaftliches Verhältnis. Wir können uns völlig frei bewegen und keiner kehrt in irgendeiner Weise seine Funktion oder Befugnisse heraus. Meine Altersgefährtin, Tea, ist eine äußerst attraktive Blondine, sie hat sich als Informatikerin für zehn Jahre nach Geros verpflichtet. Aber so wie sie aussieht - Topfigur, charmant, lebendig, frage ich mich oft was sie hier draußen eigentlich will? Gewiss auf Geros gibt es mehr als zehntausend Menschen als Stammbesatzung – aber eine solche Frau, dort?

Ach was, das gehört eigentlich gar nicht zum Thema. Meine Erwartungen die ich an diesen Flug knüpfe, sind zu dieser Zeit in keiner Weise erfüllt – und es sieht auch nicht so aus, als wenn sich jemals etwas daran ändern würde ...

Gewiss der Abflug aus der Erdumlaufbahn, der sich entfernende blaue Planet, mit seinem Mond war schon ein Erlebnis für sich. Auch später, die Begegnungen der großen Planeten und ihrer unzähligen Monde waren auch sehr schön. Doch für die Zeit von fast zwei Jahren sind diese Erlebnisse einfach zu schwach. In der überwiegenden Zeit sind wir nichts weiter als ein Funke unter Myriaden anderer. Die Umgebung scheint einfach still zu stehen und mit ihr die Zeit.

Oft sitze ich in der Videothek oder lese ein Buch. Ja so etwas gibt es wirklich noch. Nicht nur alte Schwarten, man hat extra für Raumfahrer neue Bücher editiert. Der Kontakt mit einem handfestem Buch, soll psychologisch gesehen, nicht zu überbietende Vorteile besitzen. Das ist jedenfalls tatsächlich alles so, bis zu dem Tag, der alles grundlegend ändern wird. An jenem bewussten Tag entschließe ich mich eine Art Tagebuch zu führen. Tatsächlich aber beginne ich damit erst Wochen später. Wenn einiges nicht in chronologischer Reihenfolge erzählt wird, liegt es sicher an der Zeit die inzwischen vergangen ist und meiner nachträglichen Aufzeichnung.

Die Methode die ich anwende ist antiquiert, ich weiß, Füllhalter sind längst passe und genauso das Schreibpapier - aber ich fröne dieser alten >Kunst< immer wieder. Der Füllhalter ist ein Erbstück von meinem Großvater. Tinte verwendet man zum Glück auch noch in einigen Computerdruckern. Ich könnte natürlich auch einen der kleinen Diktatschips verwenden, oder auch den Hauptcomputer. Das aber will ich nicht, es würde meinen Aufzeichnen einen zu offiziellem Charakter verleihen. – Außerdem wer wird einen Computer schon persönliche Emotionen verraten? Wer wird ihm ganz intime Gefühle oder Ansichten mitteilen? Zum anderen aber bin ich mir sicher, das Computeraufzeichnungen eigentlich nur dann durchgesehen werden, wenn es eine Havarie oder ein Verlust gibt.

Ich kämpfe mit einem Außerirdischen, halb Spinne, halb Reptil. Das Monster will mich gerade vom Felsen stürzen. Schweißgebadet zucke ich beim Erwachen zusammen, es dröhnt durch Mark und Bein!

»ALARM!«

Ich springe auf, werde hellwach, verdränge den Außerirdischen aus meinen Gedanken. Blitzschnell ziehe ich meine Hose über und renne mit freiem Oberkörper auf den Gang, dabei pralle ich gegen den Kapitän ...

»Beeilung! – Und passen sie doch auf!« schreit er mich an. Der Paternoster schluckt uns, einen nach dem anderen. Wir hasten in den Kommandoraum. Auf dem Wandüberspannenden Hauptschirm blinkt ein roter Kreis – nein er blinkt nicht nur, er sticht in unsere Augen, mehr aber noch mit den Worten die uns erschauern lassen: »Havariealarm!«, dazu noch dieser unmöglich heulende Ton ...

»Wir haben noch Zeit - hundert Stunden, ich habe es eben berechnet«, ruft die Frau des Navigators uns entgegen. – Doch gut das ihr alle so schnell gekommen seid, ich kann das verdammte Objekt nicht genau lokalisieren ...«

Der Navigator tritt dich an den Schirm, er nimmt die Fernbedienung heraus und blendet damit ein gelbes Raster über das Hauptbild.

Die Koordinaten tanzen einen Augenblick wild durcheinander, organisieren sich neu. Zwei andersfarbene Parallelen treffen sich am Bildschirmrand.

»Hundert Stunden ist tatsächlich ein exaktes Ergebnis!« lobt er. »Wir haben demnach noch viel Zeit um uns zu entscheiden.«

Er verändert die Einstellung, es formiert sich ein diffuser Fleck in Bildschirmmitte, der sich auch unter Zuhilfenahme der Optik nicht weiter auflösen lässt.

»Kein festes Objekt?« fragt der Käpt'n.

»Ich vermute einen Schwarm – vielleicht eine Meteoritenwolke?«

»Auch das noch ...«

»Hm, kann es nicht ändern! Da wir uns in spitzem Winkel nähern und schneller sind, werden wir ausweichen müssen!« ergänzt der Navigator.

Unser stets so ruhiger Kapitän ändert sein Verhalten fast sprungartig, er legt einen soldatischen Komandoton an den Tag, der keinen Widerspruch zu dulden scheint.

»Alle mal herhören! - So wie ich die Sache augenblicklich überschaue, werden wir heute nichts mehr ausrichten. Ich ordne daher sofortige Nachtruhe an! Morgen früh um Acht Uhr erwarte ich pünktlich alle Damen und Herren im Kommandoraum!« Damit dreht er sich demonstrativ um und verlässt den Raum. Wir anderen schauen uns betroffen an, selbst seine Frau zuckt nur mit den Achseln. Kopfschütteln, aber keiner kommentiert seine Anweisung. Wie ziehen uns stumm in unsere Kombüsen zurück.

Am Morgen frühstücken wir ohne Kapitän, jeder fühlt eine wie auch immer geartete Betroffenheit. Eigentlich mehr vor der neuerlichen Art und Weise des Kapitäns, als von der Alarmstufe! Aber ich kann mich da auch täuschen.

Eines aber fehlt an diesem Tag mit Sicherheit, es sind die Sprüche bei Tisch, die sonst so oft in Geplänkel ausarten.

Pünktlich um Acht Uhr betreten wir den Kommandoraum. Der Käpt'n steht vor dem großen Schirm, er erwartet uns offenbar schon.

»Guten Morgen! Folgende Situation: Ohne Zweifel befinden wir uns auf Kollisionskurs mit einem Schwarm von Fremdkörpern. Dieser Schwarm bewegt sich entgegen allen Erfahrungen und Erkenntnissen. Das heißt, dass seine Flugbahn entweder durch Eigenantrieb verändert, oder aber das der Schwarm irgendwann einmal eine Fremdbeschleunigung erfahren hat. Es ist uns noch nicht gelungen den Schwarm in Einzelobjekte aufzulösen. Darum vermute ich, das es sich um relativ kleine Objekte handelt, die allerdings dann sehr zahlreich sein müssen. - Wie auch immer wir reagieren werden, es bedeutet, das wir unseren Ankunftstermin auf Geros nicht halten können. Da wir bis zum Eintritt des Ereignisses noch Zeit haben fordere ich alle zur Diskussion – vielleicht bringt uns irgendein Gedanke weiter?«

»Ist denn eine solche Situation noch nie vorgekommen?« frage ich zweifelnd.

»Doch!« erwidert der Kapitän. »Das ist ja auch unser Problem. Um einem festen Körper auszuweichen, einem Planetoiden, bedarf es nur einige Sekunden Brenndauer der Korrekturdüsen. Womit wir es aber hier zu tun haben, ist ein Teilchenfeld von mehreren tausend Kubikkilometern Ausdehnung – so dass eine nötige Korrektur sehr erheblich sein muss!«

»Ich verstehe«, sage ich. »Doch wenn die Ausdehnung groß ist und die Teilchendichte gering, könnten wir doch einfach hindurch ...«

»Theoretisch sicher, aber das Risiko mit solch einem großen Schiff wäre unverantwortlich hoch.«

Der Navigator rechnet noch immer am Pult, plötzlich springt er auf und brüllt: »Kapitän, das sind keine Meteoriten! Das sind Raumschiffe!«

Wir schauen ihn ungläubig an, der Kapitän fasst sich als erster.

»Was?« fragt er leicht verwirrt. »Raumschiffe?«

»Ja! Oder zumindest handelt es sich um regelmäßige Sondenkörper von einheitlicher Größe!«

Wir treten näher an den Schirm. Das was wir sehen ist natürlich kein wirkliches Bild, dazu sind wir noch zu weit entfernt, es handelt sich vielmehr um eine Computerberechnung, um ein Simulationsmodell der Schwarmkörper. – Da, der Computer gibt ein neu berechnetes Bild heraus, dessen Auflösung recht genaue Betrachtung zulässt ...

»Das sind zwar einzelne Linsen, Disken – aber Raumschiffe?« sagt der Navigator nachdenklich.

»Wieso nun doch keine Raumschiffe?« frage ich.

Die Frage beantwortet sich selbst, der Computer legt ein Gitterraster über den Diskus.

»Der Durchmesser eines jeden Schwarmkörpers beträgt 950 Millimeter und die Höhe 440 Millimeter«, konstatiert der Kapitän.

»Und du meinst die sind alle gleich?« fragt er den Navigator. Der nickt nur zur Bestätigung. »Ich weiß auch nicht was ich davon halten soll«, bemerkt der.

»Demnach nicht natürlichen Ursprungs?« frage ich.

»Es sieht fast so aus«, erwidert er.

»Wir müssen uns unbedingt solch ein Ding holen!« sage ich so in den Raum.

»Das hieße unsere Geschwindigkeit stark zu verringern und dadurch ungeheure Energien zu vergeuden!« braust der Kapitän auf. »Man wartet auf uns, die Leute auf Geros sind auf unseren rechtzeitigen Nachschub angewiesen!«

Ich schweige, das habe ich im Augenblick natürlich nicht bedacht.

»Hm, wie groß ist denn die Geschwindigkeitsdifferenz?« überlegt der Navigator laut. 18Km/sek ... das könnte einer unserer, automatischen Raumgleiter schaffen.«

»Dann handeln wir doch!« meine ich.

»Wenn unsere Gäste der Meinung sind, dann könnten wir den Eventualverlust einer solchen Fähre schon rechtfertigen«, meint der Kapitän beschwichtigend.

»Verlust einer Fähre?« Wissen wir denn ob sich die Dinger so einfach einfangen lassen? - Bei denen herrscht Ordnung! Sie fliegen in strenger Formation, da sollten wir eigentlich doch ein übergeordnetes Koordinierungssystem vermuten ... Und überhaupt, wenn es künstliche Körper sind, käme dann unser Tun nicht einem Piratenakt gleich ...? Wir sollten uns die Sache wirklich gut überlegen und dann erst entscheiden.« mahnt der Navigator.

Der Kapitän sieht uns der Reihe nach an, doch jeder hält seinem bohrendem Blick stand.

»Ich sehe euch entschlossen«, sagt er nach einer Weile.

»Mir jedoch gefällt das nicht. Doch versuchen wir es mal rein theoretisch ...«

Er setzt sich an den Computer und winkt dem Navigator zu sich. Gemeinsam streiten wir um die zahlreichen Möglichkeiten, von denen einige doch recht problematisch sind.

Trotzdem aber entschließt er sich schnell, er befielt: »Fähre auf Automatenstart! Keine Waffen!«

»Was, keine Waffen?« frage ich entrüstet.

»Das ist ein Befehl! Wenn wir schon einen Aggressionsakt begehen, dann sollten die anderen wenigstens die Chance bekommen unsere Fähre abzuschießen! Kampfstand besetzen, falls ihre Reaktion über die Vernichtung der Fähre hinausgehen sollte!«

»Käpt'n, du unterstellst den anderen ...« fragt Tea.

»Ich unterstelle niemandem etwas, ich bin nur vorsichtig!«

»Noch immer keine Antwort auf unsere Funksignale«, sagt der Navigator.

»Habe ich mir beinahe gedacht – von der gesamten Formation geht nicht die geringste Aktivität aus. Eigentlich können die uns überhaupt noch nicht bemerkt haben«, sagt Tea.

»Das würde ja bedeuten, das sie völlig blind fliegen, überhaupt keine Kontrollfunktionen ausüben - ist ja mysteriös«, wende ich ein.

»Ja, es sieht ganz so aus – vielleicht werden die erst wieder am Ziel aktiviert«, meint Tea.

»Sonden die blind durch den Raum fliegen, wer sollte so etwas tun? Das ergibt doch überhaupt keinen Sinn, es sei denn, sie sind so konstruiert das ihnen keiner etwas anhaben kann!« sagt der Navigator.

»Eine zehntausend Tonnen Presse - und das da sind Briefmarken!« wendet Tea ein.

»Der Kapitän schaut sie strafend an, das sie sich verbessert. »Ich will damit nur sagen, das alles zerstörbar ist, es kommt nur auf die Mittel an. Was übersteht schon die unmittelbare Nähe einer Kernexplosion?« unterstellt Tea, wenig beachtet.

»Das sind bestimmt Relikte, die ihre Funktion schon längst eingebüßt haben«, wende ich ein.

»Eine alte Technik? – Immerhin auch interessant!«

»Du meinst doch Erdentechnik?« fragt der Navigator. »Ja, oder irgendein Spaßvogel hat deformierte Konservendosen mit Abfällen herausgeworfen?«

»Ja, tatsächlich alles ist noch offen – nur die absolute Gleichheit aller Objekte ...!«

Natürlich können sich all unsere Ideen auch als Wunschdenken erweisen, vielleicht sind das wirklich nur metallhaltige Meteoriten – von auffällig gleicher Größe und Linsenförmig?

Oder machen wir uns nun alle etwas vor? Ist es vielleicht nur übersteigerte Phantasie die uns helfen soll die lange Flugzeit zu verkürzen?

Sollen wir alle zu gleich von solch einer Pschychose befallen sein? Unsinn! – Für mich könnte es ja zutreffen, als Raumneuling, der ich ja bin, aber die alten Hasen und der Kapitän, ja auch der Kapitän ... andere kann er immer gut einschätzen, aber sich selbst?

Natürlich bin ich ein guter Beobachter. Lange schon, zumindest seit dem ersten Sichtkontakt hat der Kapitän seine stoische Ruhe eingebüßt. Vor dem Ereignis wirkte er immer so als könnte ihn nichts aus der Ruhe bringen ...

Auch er ist nun von diesem Ausnahmedenken, oder wie man es auch nennen will, befallen worden. Natürlich gibt es einen Grund. – Hoffte jeder Mensch insgeheim doch einmal auf eine andere Intelligenz im Kosmos zu treffen, die ihnen in der unermesslichen Tiefe zwischen den Himmelskörpern begegnen könnte. Schön, groß und edel müssten sie sein. Wir Menschen müssten zu ihnen aufschauen können – und die Fremden würden uns Menschen ›Brüder‹ nennen. Sie müssten uns väterlich umarmen und uns jene letzte Wahrheit verraten oder gar ein großes Vermächtnis hinterlassen. Ja es könnten sogar Wesen mit Flügeln oder einem Heiligenschein sein, vielleicht auch mit drei Beinen oder auch Armen – aber es müssten uns Menschen ähnliche Wesen sein, zumindest in groben Zügen ... Was könnten wir von solchen Wesen alles lernen? Sicher nicht nur Know How. Ich denke da vielmehr an die gesellschaftliche Entwicklung, an Wege einer Gesellschaft über Mord und Kriege, über die Perversion der Gedanken, Gefühle und Taten. Haben denn alle denkenden Wesen Epochen voller Blut und Grausamkeit in ihrer Geschichte. Ist eine Perversion wie der Faschismus nötig zu einer vernünftigen Menschfindung? Stellen solche und ähnliche Greul wirklich die nötige Zwischenstufe zur Humanisierung dar? Müssen denn in jeder Entwicklung von Intelligenzen Milliarden vom Wesen gewaltsam zu Tode kommen? Muss es erst immer Kriege und Greultaten geben? Wären diese Fragen nicht furchtbar wichtig und die Antworten die uns andere, fremde Wesen dazu geben könnten?

Was aber, wenn wir Menschen von diesen Anderen erfahren würden, dass die menschliche Entwicklung, so wie sie verlaufen ist, etwas abartiges darstellt? Wenn es außer dem mordlüsternen Menschen nur friedfertige Wesen im Kosmos gibt. Das Krieg und Mord nur etwas spezifisch menschliches ist? – Aber solange wir keine, andere, vergleichbare Intelligenz, finden, solange werden wir auf diesem Gebiet in völliger Dunkelheit tappen. Wir werden ohne einen solchen Vergleich niemals erfahren, welcher Weg normal und richtig ist. Kriege gibt es heute nicht mehr – aber nicht, weil wir Menschen weniger aggressiv als früher geworden wären. Nein einzig und allein weil die Vernunft und der Verstand es auch den letzten Skeptikern klar gemacht haben, das jeder moderne Krieg unter Menschen einem kollektivem Selbstmord gliche. Machen wir uns nichts vor, gefühlsmäßig sind wir Menschen noch immer bereit gegeneinander zu kämpfen, zu drohen oder gewalttätig zu sein. Denken wir nur einmal an unser Verhalten auf privater Ebene. Ein Mann schlägt sich noch immer um ein Mädchen, um eine Frau die er begehrt und noch immer werden Mütter und Kinder geprügelt und misshandelt. Ja und immer noch gibt es Mord und Gewaltverbrechen, gewiss als Randerscheinungen – aber trotzdem gibt es sie noch immer.

Das sind meine Gedanken dazu. Während unserer allgemeinen Diskussion geschieht etwas, womit keiner von uns gerechnet hat ...

»Der Starttunnel!« ruft der Navigator erschreckt.

»Wo ist meine Frau?« poltert der Kapitän.

»Sperre einlegen!« befiehlt er.

Der Navigator entsichert, reißt die Plombe heraus, berührt die Sensoren ...

»Sperre ist blockiert!« sagt er mit erstauntem Gesicht.

»Verdammt!« flucht der Kapitän. »Ruft sie!«

»Ihr Funkgerät ist abgeschaltet ...«

Er und der Kapitän sind sichtbar betroffen, Tea grinst. Offenbar ist es das erste Mal das sie mit mir einer Meinung ist. Ich versuche meine Freude zu verbergen, innerlich jedoch packt mich regelrechte Begeisterung – mit fast 50 Jahren zu solcher Spontaneität fähig ... ich spüre auf einmal eine tiefe Sympathie für diese Frau.

Sicher ist ihre Aktion rechtswidrig und gefährlich – aber sie handelte noch eh' wir anderen alles genau geklärt haben. Ich empfinde Spontaneität ohne nachzudenken als ein Privileg der Jugend, zu mir wäre das passender gewesen. Wahrscheinlich wäre auch ich dazu fähig gewesen, aber ich kann keine Raumfähre starten, geschweige denn steuern.

Niemand kann an dem was eben geschah etwas ändern, wir sind in der Tat zu bloßen Zuschauern degradiert. Der Kapitän kocht, ich merke es an seinen geschwollenen Kopfadern und wie er seine Lippen zusammen kneift.

Sie steuert das uns nächste Objekt an, überholt es mit geöffneter Heckluke und bremst ab.

»Nein, nur das nicht!« spricht der Kapitän mit Wut und Sorge vor sich hin. Doch was nützt es, sie hat sich jeder nur möglichen Korrektur von unserer Seite entzogen. Sollte ihr eigenmächtiges Vorhaben missglücken, würden wir nicht einmal eine letzte Hilfe leisten können ...

Es gelingt. Wenn wir jedoch glauben sie wird zurückkehrt, dann irren wir, sie steuert den nächsten Flugkörper an und wiederholt das selbe Manöver ... Doch ihre Geschwindigkeit ist nicht korrekt angeglichen, der Fremdkörper prallt unsanft gegen die Hydraulik der Heckklappe. Ihre Raumfähre gerät ins schlingern. Wir sehen in das Feuer der Korrekturdüsen – es kostet sie offenbar viel Mühe den Flugkörper wieder zu stabilisieren. Sofort aber steuert sie den nächsten Fremdkörper an. Der Kapitän schüttelt seinen Kopf über soviel Unvernunft. Sie setzt sich vor den Körper ... beim Schließen der Heckklappe aber gibt es ein Problem, der Mechanismus ist wohl zu sehr deformiert. Mit halb geöffneter Hecktür bremst sie ab. Wir kommen näher, holen sie ein, überholen sie. Auf der Außenkamera können wir jeden ihrer Schritte beobachten.

»Bremstriebwerke zünden!« zischt der Kapitän, er wiederholt es mehrmals eindringlich, als will er sie beschwören ... es zu tun.

Im nächsten Augenblick gibt sie die Sperre frei. Das einzige was sie sagt ist: »Tut mir leid – ich habe nur drei von denen erwischt, wohin damit?«

»Alles bleibt wo es ist, und du kommst sofort zu mir!«

»Ich komme!« ist alles was sie sagt.

Die Landung gelingt perfekt – sie ist gerettet...

Was später folgt, ist wohl mehr oder weniger für uns anderen inszeniert, ich zweifele doch sehr an der Echtheit. Was aber soll der Kapitän tun, schließlich ist Ada seine Frau – und sie hat wohl in erster Linie sich selbst in Gefahr gebracht. Die schöne Tea jedenfalls zwinkert mir zum zweiten Mal zu und ich weiß nicht was ich davon halten soll.

Langsam verlassen wir, einer nach dem anderen die Zentrale, wir wollen das die Beiden erst einmal selber klar kommen.

In mir brennt es, ich würde allzu gern wissen was sie da eigentlich angeschleppt hat. Ich wage aber im Augenblick nicht zu stören und lasse sie allein ... doch auch der Aufenthaltsraum ist leer.

Dann eben schlafen, aber auch das geht nicht, ich bin einfach noch zu aufgewühlt. Ich nehme mir ein Buch, aber ich begreife nicht was da geschrieben steht. Ich überlege wie diese Fremdkörper beschaffen sein könnten.

Eine kleine Melodie meldet einen Besucher. Jetzt? Ich öffne und bin völlig überrascht – Tea steht vor mir, mit hochroten Wangen.

»Stör ich dich?«

Ich bin verlegen, vielleicht wegen ihrer Erregung. Ich ahne nicht was sie will. Andererseits ist diese Frau so unverschämt schön ...

»N-nein, nein, komm schon rein!« Ich trete beiseite, biete ihr Platz an. Sie schaut sich kurz um und setzt sich tatsächlich. Sie schlägt dabei ihre strumpflosen Waden übereinander. Ihre Knie überragen die Sitzfläche ...

≻Extrem langbeinig!≺ konstatiere ich, mein Blick hängt gefesselt an ihren Füßen, den schlanken Fesseln. Sie merkt es und verändert ihre Position. ≻Schade!≺

Kalt klingen ihre Worte als sie sagt: »Mach dir keine Illusionen, ich komme nicht als Frau, nur als Gleichgesinnte. Wir können uns verstehen, wenn du das beachtest. Sie schaut mich schräg von der Seite her an, ihr Blondhaar hängt ihr im Gesicht. Einen Augenblick lang begreife ich nicht was sie da sagt, sosehr fasziniert mich ihr Erscheinungsbild.

»Verstehst du was ich meine?« fragt sie mit versteinertem Gesicht.

»Keine Beziehungskiste, meinst du?«

≻Dürfte schwer sein bei diesen Formen≺, denke ich bei mir. Ich frage jedoch etwas anderes: »Warum so ausschließlich?«

»Ohne Kommentar!« erwidert sie. »Bist du einverstanden?« gleichzeitig reicht sie mir ihre Hand.

Ich nicke nur stumm und greife zu. Im Grunde weiß ich noch immer nicht was sie von mir will – schließlich ist es Nacht! Beim Händeschütteln treffen sich unsere Blicke, aber auch die geben mir keinen Aufschluss.

»Das wär's«, sagt sie einführend. »Doch nun zum Thema – ich bin genau wie du an diesem Fremdkörper interessiert.«

≻Eigenartig durchzuckt es mich, wieso kann ich bei einer so hübschen Frau nicht an das nächstliegende denken? – Natürlich, ihr Zublinkern, alles nur wegen unserer gemeinsamen Interessen. Was habe ich mir da nur wieder eingebildet? – Ihr Angebot ist klar. Kann ich aber die Frau in ihr einfach übersehen oder gar vergessen? Bisher hatte ich bei meiner Arbeit nur mit Männern zu tun. Sicher waren unter den Professoren auch Frauen, aber älter und bei weitem nicht so attraktiv.≺

»Was ist?« sieht sie mich fragend an. Ich nicke. Bis ich so richtig begreife vergehen noch lange, quälenden Sekunden ...

Diese Fremdkörper sind der eigentliche Anlas all dieser Veränderungen in unserem Zusammenleben. Ich bin also wieder auf den Boden der Tatsachen zurückgekehrt.

»Was hast du vor?« frage ich, dabei versuche ich interessiert auf ihre Frage zu lauschen, eigentlich mehr um mich selbst von ihren Reizen abzulenken.

»So schnell wie möglich die Fremdkörper untersuchen!«

»Willst du den Kapitän ansprechen? Jetzt?«

»Nicht ihn – sie!«

»Meinst du das sie ...?«

»Las mich nur machen, du wirst sehen. Tritt bitte etwas aus dem Blickfeld des Video!«

Sie berührt die entsprechenden Sensoren – Ada erscheint.

»Ja Tea, was gibt es?« fragt sie.

»Kann ich dich sprechen, hier in Raum Zwölf ist es etwas persönlicher.«

Ada dreht sich um zu ihrem Mann, der zurückgelehnt am Video sitzt.

»Geh nur – mache diesen Nachtbesuch!« sagt er. »Ich will mir ohnehin den Film ansehen.«

»Du hast es gehört Tea, ich komme.«

Tea schaut mich vielsagend an und schmunzelt.

»Du wirst sehen, sie hilft uns!«

»Woher nimmst du die Sicherheit?«

»Nenne es weibliche Intuition, oder so ähnlich – ich fühle es einfach.«

Die Melodie der Tür – Tea öffnet.

Ada steht im Türrahmen und stockt.

»Oh, ich hab' nicht gewusst das ihr ...«

Tea zieht sie am Arm herein.

»Es ist nicht was du denkst, wir sind nur gleich Gesinnte, sonst nichts!«

»Und wenn, ginge es mich auch nichts an«, erwidert sie nüchtern.

»Komm, Ada, setzen wir uns, es geht um die Raumkörper die du herein geholt hast.«

»Ich verstehe, doch warum du, ich habe es eigentlich mehr für ihn getan!« sie zeigt auf mich. Mir schießt das Blut in die Wangen. Hat Tea recht?

»Ich habe es vermutet«, sagt Tea an mich gewandt. Zu Ada aber sagt sie: »Es ist nicht nur für ihn, auch für mich. Wir bedanken uns. Hast du noch Probleme damit wegen ihm?«

Sie winkt ab.

»Lasst uns zum Thema kommen. Ihr wollt also diese Raumkörper, damit ihr sie untersuchen könnt? – Ich weiß! Doch nicht noch einmal ohne seine Erlaubnis. Ich werde mit ihm reden soweit sich eine Gelegenheit ergibt.«

»Und der Navigator mit Frau, was ist mit ihnen? Haben sie kein Interesse daran?« frage ich.

»Das will ich nicht sagen, nur war es immer so, das sie sich fügten. Auch wenn es für euch so aussieht, als gebe es hier keine Anweisungen. Sie verstehen sich gut, weil im Normalfall immer der Navigator nachgibt. Und auch ich handle nach seinem Willen. Wie ihr seht ist es nicht immer so wie es scheint ... Ich jedenfalls halte mich da raus, wenn ihr sie ansprechen wollt, bitte! – Das mit meinem Kapitän bringe ich schon selbst in Ordnung. Ist sonst noch was?«

»Nein Ada, wir danken«, sagt Tea und begleitet sie zur Tür.

»Tschüss ihr zwei!«

Die Tür ist zu, Tea kommt auf mich zu: »Nun fragt sie, hatte ich nicht recht?«

»Du hattest! Ich wagte nicht einmal daran zu denken nach den Ereignissen ...«

»Und was machen wir nun?« frage ich sie, mit meinen Blicken maßnehmend?«

»Besprechung beendet, würde ich sagen!«

»Kein Gläschen für gutes Gelingen?«

»Ich trinke keine berauschenden Getränke, außerdem haben wir eine Abmachung.«

»Ist schon gut«, sage ich. »Gute Nacht!« ich reiche ihr meine Hand, öffne ihr die Tür. Sie geht hinternwackelnd, eine Duftfahne hinterlassend ... ich atmete tief.

Am nächsten Morgen scheint der Kapitän aufgeräumt und guter Laune. Ada zwinkert mir am Frühstückstisch zu, Tea bemerkt es natürlich auch, sie schmunzelt.

Noch bei Tisch räuspert sich der Kapitän, sieht in die Runde. »Folgende Situation: Ada hat diese zwei Fremdkörper besorgt. Sie befinden sich noch immer im Raumgleiter. Ich wollte sie eigentlich in einen Container sperren und versiegeln. Doch nun bin ich zu einem anderen Entschluss gekommen, nicht zuletzt weil wir ja zwei angehende Fachleute an Bord haben«, er zeigt auf Tea und auf mich. »Außerdem haben wir wirklich noch viel Zeit. Unsere Jugend soll die Gelegenheit erhalten selbst etwas heraus zu finden. Ich gebe folgende Anweisung: Da beide Fremdkörper äußerlich völlig gleich sind, wird einer versiegelt, den anderen geb' ich zur Untersuchung frei. Ich betone, das es im Augenblick nur meine persönliche Entscheidung ist. Ich muss den Vorgang über Lichtfunk an die Behörden melden. Wenn eine andere Entscheidung auf der Erde fallen sollte, müssen wir uns fügen.«

»Aber dann werden wir kaum angefangen, schon wieder abbrechen müssen«, sage ich enttäuscht.

»Ach was, kein Pessimismus bitte, überlegt mal besser!« meint der Kapitän. »Der Lichtspruch benötigt von hier bis zur

Erde fast vier Monate, die Antwort noch einmal so lange. Also, keine Panik, wir haben Zeit. Solange keine anders lautenden Entscheidungen eintreffen entscheide ich!«

Natürlich, wie kann ich nur vergessen, wie weit im Raum wir uns derzeit befinden? Und alle Signale sich nur mit Lichtgeschwindigkeit bewegen.

Der Navigator schaut fragend zum Kapitän. Der versteht auch ohne Worte, denn er sagt ungefragt: »Auch du kannst dich beteiligen, wenn keine andere Arbeit ansteht. Noch besser - wir werden uns alle damit beschäftigen!«

Einer der beiden Körper liegt nun im Werkstattraum. Es handelt sich tatsächlich um einen flachen Diskus, fast einen Meter im Durchmesser. Seine Oberfläche wirkt schmutzig grau mit Rissen und Kratzern bedeckt.

Ich streiche mit der Hand darüber und wundere mich.

»Stein?« fragt ich erstaunt. Der Kapitän nickt. »Silikatische Oberfläche, vermute ich. Genaueres wissen wir nach der Analyse.

Der Navigator bedient den Oberflächenschleifer mit dem Fangbehälter. Funken stieben, aber nicht vom Diskusmaterial, sondern ausschließlich vom Schleifkörper. Immer und immer wieder fährt er über das Material, der Schleifkörper beginnt sich zunehmend zu verkleinern. Die Oberfläche des Diskus aber zeigt keinerlei Veränderung.

»Diamantscheibe«, sagt der Kapitän. Der Navigator nickt und wechselt das Werkzeug. Wir haben nun vorsorglich Brillen aufgesetzt und treten näher. Der Diamantschleifkörper setzt an, es staubt ein paar Minuten. Als er den Schleifkörper absetzt hat sich ein winziger Grat gebildet, der Schleifkörper jedoch ist restlos hin.

»Alle Wetter, mehr als Härte zehn«, bemerkt der Kapitän.

»Den Laser!« empfiehlt der Navigator.

»Zu grob«, Ada schüttelt ihren Kopf, ich weiß etwas besseres, den OP-Laser, er lässt sich millimetergenau positionieren!«

Der Kapitän nickt wieder, wir schicken den kleinen Spürhund, einen separaten Suchautomaten mit Greifzangen zur Medizinabteilung.

»Nein!« sagt der Kapitän plötzlich. »Das ist mir zu gefährlich! Wissen wir denn was darunter ist? Unter solch einer harten Schale?«

»Sicher nur aus Stabilitätsgründen!« sagt die Frau des Navigators.«

»Und wenn nicht? mahnt er. »Wenn die Hülle etwas sehr gefährliches umschließt?«

»Seine Befürchtung ist nicht von der Hand zu weisen«, meint Ada. »Wir werden also erst nachsehen was darunter ist!«

»Röntgen?« frage ich.

»So etwas Ähnliches – Spinresonanztomografie! Die Frage ist, ob wir das Objekt in den Patiententunnel hereinbekommen, so dick ist normalerweise kein Mensch!«

Sie tritt an das Terminal, tippt die Fragestellung ein.

»Maximaler Untersuchungsdurchmesser 980 Millimeter, kam die Antwort sofort.

»Wie groß ist unser Diskus?« fragt sie.

Der Navigator liest das Messgerät ab. Moment! – äh, 975,8 ... also ein paar Millimeter Luft, da haben wir aber Glück ...!«

Wir wechseln in den Medizintrakt herüber, besehen uns bald schon das in den Raum projizierte Bild.

Der Diskus hängt vor uns im Raum. Ada tritt an das Pult. Das Hologramm beginnt sich zu drehen, doch weiter geschieht nichts.

»Was ist los?« fragt der Kapitän.

»Der Hochfrequenzimpuls wird einfach absorbiert. Moment, ich entferne den Begrenzer!«

Ein tiefes Brummen erfüllt den Raum, der Supramagnet arbeitete mit höchster Feldstärke. Da, das Hologramm wird räumlich. Ein Wirres Netz entsteht, ein Zweites überlagert das Erste ...

»Ich verringere die Energie, ändere das Programm, beginne in einer Schicht unmittelbar unter der harten Schale ...«, sagt sie.

Wir sehen ein wohlgeordnetes Netz von Röhren, etwa 30 Millimeter im Durchmesser, das sich spiralartig nach innen neigt.

»Was mag das sein? Hat jemand eine Vorstellung vom Zweck dieser Konstruktion?«

»Eine Art Antriebssystem, ein Teilchenbeschleuniger im Miniaturformat!« meine ich.

»Ich gehe in die nächste Ebene!« sagt Ada.

Ich verfolge diese spiralförmigen Rohrleitungen mit Blicken. Befinden sich in den Rohrleitungen nicht irgendwelche Krümel?

»Kann man den Diskus jetzt bewegen? Ihn etwas ankippen?« frage ich.

Sie steuert den Manipulator und kippt den Diskus an. In den Röhren bewegt sich etwas, rieselt die schiefe Ebene hinab.

»Was mag das sein?« fragt der Navigator.

»Kristallisierte Reste eines Treibstoffes, vermute ich und gehe tiefer.« sagt Ada.

»Da, zwei Kugeln nebeneinander, jede gut Zweihundert Millimeter im Durchmesser.«

Die eine Kugel ist gespickt mit warzenförmigen Auswüchsen. Ich ahne etwas, hatte ich nicht so was im Museum für Energiegewinnung gesehen?

»Dreht mal das Bild um 180 Grad! Ja jetzt erinnere ich mich: »Tokamak! In Russland hatte man so was Anfang der achtziger Jahre des vorigen Jahrhunderts entwickelt!«

»Schau her, unser Küken, er hat recht, es erscheint immerhin möglich«, erwidert der Kapitän nicht ohne Überraschung.

»Demnach stammt es von der Erde«, sagt die Frau des Navigators.

»Bei der geringen Größe, könnte es sich um Satelliten handeln – nur soviel ich weiß wurden Satelliten nur mit Kernreaktoren oder Nuklidbatterien versehen. Ich frage den Computer!«

Er gibt die Frage ein und bekommt recht. Es gab bei Satelliten niemals Fusionsreaktoren. Die Sache wird zunehmend interessant. Sollten wir Relikte einer fremden Technik vor uns haben?

Die Tomografie zeigt eine weitere Merkwürdigkeit, die andere, gleich große Kugel enthält facettenartige Kammern in der Innenseite der Kugel. Im Zentrum durch Verstrebungen zentriert, eine Plattform über und über mit einem glitzernden Brei bedeckt, der an den Kanten der Plattform übersteht. Ada bewegt den Diskus – nein dieser vermeintliche Brei ist fest, er macht jedenfalls alle Bewegungen mit.

»So Freunde, meine Möglichkeit mit dem Tomografen sind erschöpft. Ihr wisst nun was ihr wolltet und könnt gefahrlos aufschneiden!«

»Ich denke schon! Navigator, was meinst du, geht von dem Fusionsreaktor noch eine Gefahr aus?«

»Das kann ich noch nicht sagen, es hängt davon ab ob es sich tatsächlich um einen Solchen handelt und natürlich ist es abhängig von der Zeit, die seit der Abschaltung verstrichen ist.«

Der Kapitän nickt verstehend. »Also, dann auch noch eine Altersbestimmung!«

Die nächste Überraschung ist perfekt, das Alter dieses Gebildes bestimmt die Frau des Navigators mit 180 Millionen Jahren. Sie erntet nur Kopfschütteln und Finger an die Köpfe klopfen. Beleidigt rennt sie aus dem Raum. Der Kapitän selbst wiederholte die Analyse unter den Augen aller und kommt sogar auf Einhundertfünfundneunzig Millionen Jahre. Er holt die Frau des Navigators zurück und entschuldigt sich bei ihr. Solch ein Ergebnis ist einfach zu unwahrscheinlich um es zu glauben ...

Da sitzen wir wie dumm da. Vor uns eine Technik fast zweihundert Millionen Jahre alt, aus einer Zeit als das Leben aus dem Meer auf die feste Erde kroch, als die Saurier ihre Glanzzeit noch vor sich hatten.

Wie mochten diese Wesen ausgesehen haben, die diese Disken einst geschaffen haben? Waren sie noch aktiv, oder sind diese Disken die einzigen und letzten Zeugnisse einer erloschenen Hochkultur?

Woher kamen sie und wohin waren sie unterwegs? Haben die Wissenschaftler der Erde recht, die da sagen das die Existenz zweier, gleichzeitiger Hochzivilisationen gleich 0 ist, das es für jede Zivilisation nur ganz bestimmte, schmale Bereiche gibt, die für einen gleichzeitigen Entwicklungsstand in Frage kommen? Diese hier hatten offenbar einen ähnlichen Stand, wie die irdische heute, aber zweihundert Millionen Jahre früher ...

Was haben wir da nur eingefangen?

Da offenbar die Gebilde alle gleich groß sind, können wir wohl davon ausgehen, das es auch bei dem großen Schwarm so ist. Was also ist zu tun?

»Ja, ich glaube wir können das Objekt ungefährdet öffnen«, meint Ada, sie sieht mich dabei auffordernd an.

»Ja wenn, dann wäre es dort sicher am besten. Gut Ada mit dem Laser, aber nicht von Hand, wir lassen das den OP Roboter tun und wir beobachten hinter dem Schutzschild!«

Ada richtet die Geräte, wir verschwinden hinter der durchsichtigen Trennwand.

Als sich der feine Laserstrahl in das fremde Material frisst ist uns irgendwie feierlich zumute, aber auch beklommen. Erwarten wir doch etwas außergewöhnliches! Erwarten? Nein, es ist mehr eine Hoffnung ...?

Doch nichts dergleichen geschieht. Außer einem Fingergroßen Loch im Fremdkörper.

»Loch verschließen und Schnüffler aufsetzen«, befielt der Kapitän.

Der Navigator setzt das kleine Gerät an. Auf dem Kontrollschirm werden Werte gelistet, in schier endlos scheinender Reihe ...

»Sauerstoff, Stickstoff, Methan, Xenon, Argon, Krypton lese ich. Aber dann – Chlor und Phosphorverbindungen ...?

»Vorsicht!« warnt der Kapitän. »Insektizide und Kampfstoffe in hoher Konzentration.

»Nicht für uns«, korrigiert ihn Ada. »Es handelt sich um spezifische Chlorderivate, selektive Insektizide – und da noch ein mir bekannter Stoff ... den man früher auf der Erde gegen Ameisen anwandte.

»Insektenmittel, Ameisengifte?« frage ich. »Was soll das?« Auch Ada ist überrascht, aber das ist noch nicht alles, da sind noch Spurenmoleküle einer eigenartigen Konstellation.

»HCOOH«, liest Ada weiter. – Das ist die Formel für ... ja, für Ameisensäure ... dann sind das Biosatelliten! Auf der Erde hatte man am Anfang der Raumfahrt Fliegen und andere Insekten in den Weltraum geschossen ...

»Aber Ada«, sage ich. »Solch große Mengen gleichartiger Satelliten und wenn, warum dann auch noch Insektizide ...?«

»Ganz einfach, das waren Automaten. Wenn die Insekten die nötigen Forschungsergebnisse erbracht hatten, wurden sie getötet!«

»Und wo bitte sind die toten Insekten?« fragt Tea

»Na hör' mal, nach zweihundert Millionen Jahren sind sie zu Staub zerfallen ...«

»Eine interessante Theorie«, mischt sich der Kapitän ein.

»Das würde bedeuten den Diskus weiter zu zerlegen! Das aber kann und darf ich nicht erlauben!«

»Ich habe eine Idee«, sagt Ada.

Ich schaue gespannt zu ihr, als sie zum Geräteschrank geht, einen Koffer entnimmt und ihn geheimnisvoll neben den Diskus stellt. Als sie den Koffer öffnet wissen wir Bescheid. Natürlich das ist die beste Lösung! Eine Magensonde mit biegsamer Glasfieberoptik und kleinem Manipulator!

»So Freunde, etwas besseres finden wir bestimmt nicht – was gut ist sich im Verdauungstrakt eines Menschen umzusehen ist auch hierfür geeignet.«

»Alle Achtung, Frau! Das löst unser Problem allerdings«, sagt der Kapitän anerkennend.

Wir können beginnen ...

Mit geübten, ärztlichen Griffen führt Ada die biegsame Optik in das lasergeschnittene Loch und schaltet ein. Sie verbindet die Kabel mit dem großen Monitor und wir sehen eine Öffnung die sich weit hinter im Dunkel verliert.

»Ich gehe tiefer«, sagt sie. Es scheint als kriechen wir mit einer Handlampe in ein Rohr. Der Bildschirm verfälscht natürlich die tatsächlichen Größenverhältnisse ... denn das Rohr indem sich die Optik bewegt ist nicht größer als Drei Zentimeter im Durchmesser.

»Halt!« rufe ich. »Da war doch etwas, eine umgrenzte Fläche. Nur ein paar Zentimeter zurück!«

Jetzt sehen wir es alle – wirklich eine Klappe ...

»Wenn sie nicht so klein wäre, würde ich sie für eine Tür halten, drück' doch mal dagegen!«

Es rührt sich nichts, also weiter ...

»Seht mal dort, Staub! Den haben wir auch schon beim MR gesehen, trotzdem werden wir eine Probe nehmen!«

Sie bedient den inneren Manipulator und befördert die Probe mittels Seilzug nach draußen. Das Analysegerät gibt nur ein Wort aus, nichts weiter: Chitin!

»Da hast du deine Insektenreste. Wie ich sagte, zu Staub zerfallen!« behauptet Tea.

Ada führt die Sonde tiefer ein. Immer das selbe, seitlich in endloser Folge türähnliche Umrisse. Oben aber, sind da nicht Vertiefungen? Tatsächlich, und da hängt etwas heraus ...

»Soll ich weiter? Oder Analysieren?

»Weiter«, sage ich. Denn bis zur Zentralkugel sind es nur noch zwanzig Zentimeter. Dann noch so ein Umriss. Sie drückt dagegen, die Klappe gibt nach und schwingt nach innen.

Dunkelheit dahinter, die Miniaturlichtquelle am Ende der Sonde ist nicht in der Lage den gesamten Raum auszuleuchten. Ich regele die Verstärkung am Monitor, das Bild wird etwas heller. Wir schauen in einen Raum, den wir schon beim tomografieren sahen. Tatsächlich, das da sieht aus wie eine

Kernverschmelzungsanlage vom Tokamak – Prinzip. Wozu die nur soviel Energie benötigten bei Automatensonden?

»Die Energiequellen können wir nun mit Sicherheit einstufen, da keine Radioaktivität mehr nachweisbar ist, bestätigt sich das der Fusionsreaktor schon mehrere Millionen Jahre abgeschaltet ist«, sagt der Navigator. »Die Halbwertszeiten der meisten Isotope liegen bei Fünfhunderttausend Jahren ...«

Meine Ansicht ist die selbe, doch da ist noch die andere, gleich große Kugel, sie könnte uns vielleicht Aufschluss über den wirklichen Verwendungszweck geben ...

»Wenn ich mir diesen Gang so ansehe, diese türartige Begrenzung und die Deckenvertiefungen, entsteht bei mir wieder der Eindruck das es sich wirklich um ein Raumschiff handeln müsse. Eigentlich spricht nur diese geringe Größe dagegen«, sage ich so in den Raum. Der Kapitän sieht mich an und nickt ein wenig, dabei spitzt er die Lippen, so als will er etwas sagen. Der Navigator kommt ihm zuvor: »Es handelt sich um ein verkleinertes Raumschiff. Das hier ist der Hauptgang, seitlich die Türen, oben diese Vertiefungen waren bestimmt einmal Lampen!«

»Verkleinert? Sollten die Erbauer einen alten Menschheitstraum wahr gemacht haben?« fragt Tea.

Einen Moment ist Schweigen, die Theorie ist interessant. Die Materialprobe der Deckenvertiefungen sprechen ebenfalls für diesen Gedanken. Es handelt sich um Wolframlegierung, wie man sie früher in Glühlampen verwendete. Aber Glühlampen zu einer Zeit in der man die Kernverschmelzung anwandte? Wir verwenden schon seit langem ausschließlich Gasentladungslampen und Festkörperiluminatoren ...

Eine weitere Ungereimtheit ist das fehlende Glas, oder zumindest die Reste davon? Oder verwandte man ein anderes Material? Ich habe eine noch unsichere Ahnung ...

»Der Staub vom Boden, kratz' ihn mal etwas beiseite und zwar genau unter den Deckenvertiefungen.«

»Was du auch immer vermutest, du wirst es nicht finden! Nicht darunter!« sagt der Navigator. Ich schaue ihn erstaunt an.

»Denkfehler!« sagt er. »Der Diskus befand sich in der Schwerelosigkeit, folglich konnte nichts nach unten fallen, nur jetzt erst, unter unserer künstlichen Schwerkraft!«

>Natürlich, er hat recht, trotzdem aber kann er nicht ahnen was ich denke.< Ich grinse vielsagend vor mich hin. Doch das ist noch nicht alles, ich erinnere mich an das Aussehen der anderen Innenkugel beim Durchleuchten – Die andere Kugel ist nun meine ganze Hoffnung ...

Erst die dritte Tür lässt sich aufstoßen ... es ist wirklich der Eingang zur anderen Kugel. Im Halbdunkel sehen wir Streben, die zu einer kleinen Zentralplatte führen. Ada bewegt die Glasfieberoptik auf die Plattform zu – überall ein glitzernder Brei, auch in einer wabenförmigen Gerätewand, die von zahlreichen ovalen Löchern durchbrochen wird. Auf der Plattform eigenartige, dreibeinige Kästen ...

»Sitzgelegenheiten! Das ist die Zentrale, ruft Tea.« Auch ich gewinne den selben Eindruck.

»Dann aber sind die Löcher Bildschirme gewesen.« natürlich, wie Schuppen fällt es mir von den Augen. »Glas? Was passiert denn mit Glas in Jahrzehntausenden? Glas ist doch eine nichtkristallisierte, amorphe Flüssigkeit! Darum auch dieser starre Brei, der nur deshalb alles benetzt hat, weil hier die Adhäsion offenbar stärker wirkte, das Glas also wie eine echte Flüssigkeit an den Gegenständen entlang kroch. Im Gang dort an den einzelnen Lampen werden sich Glaskugeln gebildet haben, die dann irgendwann abgerissen und durch den Gang schwebten. Wir finden sie bestimmt alle unter dem Staub!

»Also, doch verkleinerte Raumschiffe!« sagt der Navigator.

»Wieso gehen wir denn immer von verkleinert aus?« fragt Tea.

»Wie wär' denn der Gedanke an kleine, intelligente Lebewesen?«

Verblüfft schauen wir alle auf Tea – so bekommt manch ein Gedanke erst seinen Sinn.

»Aber Chitin, Ameisensäure und Insektizide – das kann bedeuten das es sich um Ameisen handelte!« konstatiere ich.

Unser Kapitän massiert sein Kinn, der Navigator kratzt sich am Hinterkopf, Ada schüttelt mit dem Kopf, keiner aber findet ein reelles Gegenargument.

»Das werden wir heraus bekommen«, sagt der Kapitän. »Denn wenn es wirklich so ist, werden wir irgendwelche Raumanzüge finden, die ihrer Körperform entsprechen!«

»Ich will ja gar nicht vorgreifen«, sage ich voller Begeisterung. »Aber wenn es sich wirklich um Ameisen handelt die über Intelligenz verfügten und die vor mehr als 200 Millionen Jahren lebten, wird es für uns Menschen die größte Entdeckung aller Zeiten!«

»Entdeckung ja, aber ohne weitere Nutzen für die Menschen, denn wenn es solche Wesen einst gegeben hat passen sie weder in die menschliche Entwicklungsgeschichte, noch in die Vergangenheit der Erde.«

»Das würde ich nicht so entschieden sehen, wir könnten immerhin noch alte Aufzeichnungen finden!« meint Tea.

»Das halte ich fast für ausgeschlossen – es fällt mit außerdem kein Datenträger ein, der über Jahrmillionen seine Information behält! Magnetfelder erschöpfen sich bereits nach mehreren tausend Jahren und löschbare Festkörper entaktivieren sich selbst.

»Lochkarten!« bemerke ich dann.

»Nein, dazu ist mir der Aufbau zu modern«, sagt Tea.

»Hört auf zu spekulieren, Freunde – beschäftigen wir uns lieber mit den Tatsachen«, ermahnt der Kapitän. »Trotzdem bin ich froh, das ich mich von euch habe beeinflussen lassen, was wäre sonst der Menschheit entgangen?«

»Da es wirklich so scheint, das es sich um Ameisen handelt, werden viele Forscher wieder neuen Auftrieb erhalten, besonders jene die behaupten das erstes entwickeltes Leben von Insekten ausgegangen sein muss, denn selbst auf der Erde stellten und stellen Insekten den absolut höchsten Artenreichtum ...« sagt der Navigator.

»Gut nehmen wir diese Theorie mal als Grundlage, auch wenn sie mir noch nicht bewiesen scheint ... aber um einem möglichen Grunde näher zu kommen, würden wir sehr viele der Raumkörper analysieren müssen ...«, meine ich dazu.

»Ist denn der Kurs soweit bekannt um die wieder einzuholen? Wie viel dieser Raumkörper gibt es denn überhaupt?« fragt Ada.

»Ungefähr Zweihundertfünfzigtausend!« sagt der Navigator. »Natürlich haben wir den Kurs genau vermessen!«

»Das sieht für mich wie eine Evakuierung aus, als wenn ein ganzes Planetensystem umgesiedelt wurde. Eine gewaltige Zahl. Die müssen über eine enorm effektive Industrie verfügt haben.«

»Wenn ich mir vorstelle, Ada, wir Menschen sollten gegenwärtig solch eine Zahl von Raumschiffen bauen ...? Da würden unsere Ressourcen kaum ausreichen – wohl aber wenn wir uns auf diese Größe verkleinern würden ... von wo sie wohl gekommen sein mögen und wohin sie unterwegs waren? Nach den Jahrhundertmillionen ist das sicher nicht mehr festzustellen – zu viele Gravitationsfelder mögen sie umgelenkt haben, zu viele Störungen, Schwarze Löcher und Gasnebel haben ihren Einfluss hinterlassen ...«, sage ich.

»Überhaupt auf solch eine Reise zu gehen, was da für Nährstoffmengen nötig würden ...?« ergänzt Tea

»Vielleicht nicht! Was, wenn sie über Technologien verfügten die es ihnen erlaubten die Lichtgeschwindigkeit zu überschreiten, oder irgendeine uns unbekannte Sprungtechnologie anwandten. Es könnte sein, das diese Technologie beschädigt oder zerstört wurde und eine geplante Reise von Wochen oder Monaten dadurch zu einer Ewigkeit wurde? – Aber gleich bei allen? – Eine Ameisenhierarchie ist anders als die unsere geordnet. Vielleicht haben sie das auch auf ihre Technik übertragen? Jedes einzelne der Schiffe besitzt beispielsweise nur einen Baustein zu einem riesigen Sprungtriebwerk das nur im Zusammenhang aktiviert werden konnte – mehrere Ausfälle ließen das ganze System zusammen brechen es kam zur Katastrophe. Als sie das erkannten haben sie sich selbst getötet. – Darum die Insektizide...«

»Es könnte aber auch ganz anders gewesen sein. – Sie wurden auf eine Reise ohne Wiederkehr geschickt, irgendwann im Raum hat man dann die Gifte aktiviert und sie einfach umgebracht, wissentlich und in voller Absicht«, gebe ich zu bedenken.

»Du meinst ähnlich wie in Auschwitz ...«

»Ja, so in etwa! – Ein Holocaust vor Zweihundertfünfzig Millionen Jahren ... warum sollten nur Menschen so etwas schreckliches fertig bekommen?«

***

Schöpfer

Eigentlich bin ich Astrophysiker und hatte von meinem Fachgebiet her mit den Geschehnissen wenig zu tun. Mein wissenschaftlicher Bericht zu dem eigentlichen Phänomen war lange schon abgeschlossen und ich hielt mich wieder in Berlin auf. Und dennoch trat man von einer unerwarteten Seite an mich heran, vom FBI – und das ohne die deutschen Behörden einzuschalten ...

Ich war verunsichert, wusste nicht wie ich mich verhalten sollte, was die von mir wollten. Ich hatte so meine Befürchtungen ...

Sie sprachen mit mir fast freundschaftlich deutsch – und ich dachte immer diese Leute wären ausnahmslos überheblich, böse und gewalttätig ...

Ich ahnte zwar den möglichen Grund, aber war dann dennoch schockiert.

»Sie kennen doch Professor Meiniger?«

Ich antwortete nicht gleich, ich war regelrecht perplex und schaute den Fragesteller wohl etwas dümmlich an.

»Also, noch einmal – wir wissen das sie mit Professor Meiniger befreundet waren!«

»Ja, ja – aber woher wissen sie ...?«

»Na also, wir dachten schon deutlicher werden zu müssen!«

»Ich verstehe«, sagte ich nun wirklich verstehend.

»Also, ihr Freund, Professor Meiniger ist tot!« sagte er übergangslos.

»Was? Tatsächlich? Das ist bedauerlich! – Aber was habe ich damit zu tun?«

»Er hat nichts damit zu tun! – Womit eigentlich? – Ach lassen wir doch die Spielchen! Es geht uns nicht um ihre illegalen Aktionen, damals in unserem Land, nicht um Amtsanmaßung, nicht um Urkundenfälschung, nicht um das Stehlen und Kopieren von Geheimmaterial der Navy und des Nationalen Sicherheitsrates – wir wollen einzig ihre Unterstützung!«

›Mein Gott, was wissen die denn alles – woher nur?‹ ging es mir durch den Kopf.

»Wie könnte ich ihnen ...?«

»Hören sie sich einfach an worum es uns geht!«

Ich nickte. Ihr Wunsch dann aber war keineswegs mehr alltäglich ...

Ich versuchte ihnen klarzumachen das ich damals keineswegs der Chef dieser Einrichtung war, dass ich dort nur eine kleine unbedeutende Gastrolle absolvierte ... das aber interessierte sie nicht.

Ich sollte ihnen einfach alle Ereignisse um die ›Schöpfer‹ subjektiv, aber in chronologischer Folge beschreiben. Meine Worte brauchen nicht unbedingt der Realität entsprechen. Sie hätten dafür zwei Gründe. – In meiner Jugend hatte ich utopische Geschichten geschrieben, die mir in ihren Augen eine gewisse Phantasie bescheinigten und zweitens hatte ich emotional so übersteigert auf das Verhalten der Außerirdischen mit ›Mord‹ reagiert, das ich für sie wohl als besonders sensibel galt ... zumindest begründeten sie es so.

Die Erlebnisse um die ›Schöpfer, lagen nun auch schon mehr als drei Monate zurück. Natürlich waren die damaligen Geschehnisse in einer nicht zu deutenden Form unrealistisch. Mit exakter Wissenschaft allein, konnten sie jedenfalls nicht erklärt werden ... vieles, allzu vieles blieb im Dunkel – so entschloss man sich angeblich zu diesem außergewöhnlichen Schritt. Ob es etwas bringen würde, wer wollte das sagen?

Ich werde also gezwungenermaßen die Ereignisse so erzählen, als wenn sie mir gerade geschehen. Allerdings muss ich zum Teil auch fremde Tagebuchaufzeichnungen verwenden. Situationen die ich nicht selber erlebt habe, werde ich so schildern, wie sie mir berichtet wurden und was ich dabei empfand. Ich soll meine Niederschrift in drei Tagen bei einer bestimmten Adresse schriftlich hinterlegen.

Für den Fall meiner Weigerung kündigten sie mir andere, weitreichendere Maßnahmen an. Was immer das auch bedeuten möge. Sicher, hier in Deutschland, was können sie mir tun? – Oder würden die einfach ...? Ich will es nicht darauf ankommen lassen, das wird mir sehr schnell klar ... und wenn der Professor wirklich tot ist, kann ich keinem mehr schaden.

Es beginnt im nördlichen Südamerika, irgendwo in den Ausläufern der Anden, in einer unwirtlichen, wüstenähnlichen Landschaft, auf einer dieser felsig kahlen Bergketten, wo ein Observatorium an das andere geklebt scheint, und auf nur wenigen Quadratkilometern Dutzende dieser Bauwerke stehen. - Nicht ohne Grund, denn die Witterung ist dort das ganze Jahr besonders trocken und der Himmel fast immer wolkenlos ... natürlich gibt es auch Ausnahmen ...

Eine genauere Ortsbeschreibung ist mir aus naheliegenden Gründen leider nicht möglich ... ebenso habe ich Namen, Orte und die Entdeckung als solche abgewandelt und verfremdet, denn im Jahre 199 ... hatte sich tatsächlich etwas ähnliches zugetragen ...

Ich wohne also vorübergehend hoch oben auf einer dieser Bergketten, gleich neben den technischen Einrichtungen, zumindest für einige Monate.

Unabhängig von den optischen Instrumenten werden derzeit von der ... Universität ... dort neuartige Radioteleskopanlagen mit größeren Antennen montiert. Diese Anlage ist auch der Grund weshalb ich dort bin. Ich soll sie schließlich testen und in Betrieb nehmen.

Diese 500 Meter-Anlage ist unmittelbar im Talkessel unter uns montiert, sie dient zum Empfang der 21 cm Strahlung des interstellaren Wasserstoffs ...

Die Kühlanlagen werden mit flüssigem Stickstoff gefüllt. Die parametrischen Verstärker setze ich selbst in Gang. Auch unten im Talkessel, an der mächtigen Antennenanlage sind die Justierarbeiten abgeschlossen.

Über ein Funkgerät bekommt ein Techniker von mir Anweisungen Skalen abzulesen und ein paar Tasten zu drücken. Die Koloss-Antenne schwenkt ein paar Grad nach Norden und wieder zurück. Um Zweiundzwanzig Uhr schalte ich die Monitore ein und frage José, meinen Innentechniker, einen kleinen, grazilen Kubaner mit großen braunen Augen: »Wie sieht es aus, können wir beginnen?«

Er vergewissert sich und nickt mir freundlich zu. »Si, si, Signore!«

Ich gebe ihm ein paar Weisungen und er überwacht ... alles in Ordnung!

Bis zum Beginn meines vorbereiteten Versuches habe ich noch etwa zwei Stunden Zeit, erst dann wird sich unser Planet soweit gedreht haben, das ich das geplante Raumgebiet gleichzeitig mit der Optik und dem Radioteleskop beobachten kann.

All die Techniker haben gute Arbeit geleistet, ich bin mit dem Ergebnis zufrieden. José schicke ich schließlich in den Bereitschaftsraum. Müde aber dankbar verlässt er mich. Er ist erschöpft von vierzehn Stunden unununterbrochen Dienst. Vier

Stunden mehr als ich. Während der noch verbleibenden Zeit ordne ich meine Unterlagen ...

Es ist soweit, mit einem Knopfdruck starte ich die Computer-gesteuerten Anlagen. Die Leuchtdiodenketten der Displays glimmen kaskadenweise. In wilder Flut blinken Bildschirme, Anzeigen tanzen. Die schlafende Anlage erwacht zum Leben.

Ich wähle den vorprogrammierten Speicherblock an der Automatik, führe die Parabolantenne in den gewünschten Raumsektor.

Lange schon vor diesem Tage habe ich die Koordinaten eines bestimmten Raumquadranten ausgewählt und vorbereitet. Einem Raumbezirk von dem ich aus Erfahrung weiss, dass von ihm nur eine sehr geringe Intensität der 21 Zentimeter Wasserstoffstrahlung ausgeht – für Eichzwecke also besonders ideal. Das parallele Lichtteleskop zeigt einen sternenarmen Sektor, ohne jede Auffälligkeit – es sind die von mir gewollten Koordinaten.

Per Taste schalte ich das Radioteleskop und die zugehörigen Verstärker der Reihe nach ein. Und da ... ich zucke zusammen, die Intensität der Signale übersteuert meine Schreiber und auch die Bildschirme. Ich nehme die Verstärkung zurück und schimpfe mich einen Dummkopf. Natürlich! Die neuartige Antenne, sie muss einfach größere Signale liefern. Vorsichtig, nur um einige Bogensekunden schwenke ich die Antenne, suche das Optimum, schalte auf Eigenkompensation, die Antenne wird nun der Erdrotation automatisch nachgeführt. Zufrieden betrachte ich die Diagramme auf den Monitoren, kontrolliere die Mehrkanalschreiber. Was folgt ist nur noch Routine.

Grundsätzlich hat die neue Anlage ihre erste Prüfung bestanden. Spielerisch hantiere ich fast unbewusst, wohl mehr aus Gewohnheit, an der alten Anlage, schalte sie ein, führe viele kleine Antennen auf die selben Koordinaten ... eigentlich erwarte ich nichts, ich bin mir sogar sicher. Frühere Messungen in diesem Raumsektor ergaben immer Null! Ich kann also Schluss machen für heute. Eben will ich abschalten, doch ich zucke zusammen ... Da ist etwas! Genau dort wo vorher nichts war, schwach, aber dennoch deutlich über der Nachweisgrenze der 21cm Wasserstofflinie. Ich denke an vieles ... eine Nova müsste auch visuell zu beobachten sein! – Ich würde in die Analen der Astronomie eingehen, als Entdecker ... Oder handelt es sich gar um einen neuen Stern, einen bisher noch nie entdeckten? Vielleicht aber ist es nur ein Himmelskörper der neuerdings sein Spektrum verschoben hat? Ich wechsle zum Lichtteleskop, doch nein, keine Nova, kein so großes, spektakuläres, kosmisches Ereignis ...

Aber so ein ausgeprägtes Wasserstoffspektrum? Ich verscheuche diesen Gedanken, meine Phantasie treibt wieder wilde Blüten ... doch nun bin ich hell wach, einen Moment nur will ich meine Gedanken ordnen und gehe in die kleine Küche, hole mir einen starken Kaffee, setze mich an meine Computer, beginne zu rechnen ...

Die Basis meiner beiden Antennen beträgt um die Hundert Meter – ich könnte peilen ... lächerlich, eine Dreieckspeilung mit einer Basis von Hundert Metern, bei kosmischen Entfernungen ... und doch durchzuckt mich ein anderer Gedanke. Was heißt hier kosmische Entfernung? Kann die Quelle nicht sehr viel näher sein, sogar innerhalb unseres Planetensystems, oder nur wenig außerhalb? Wenn, dann würde ich trotzdem vernünftige Werte bekommen ... noch ist es nur eine Idee, aber schon erwacht mein Forscherdrang. Ich bereite beide Antennen zu einer Peilung vor. Ich habe Glück. Das Ergebnis lässt nicht lange auf sich warten.

Tatsächlich, Bruchteile einer Mikrosekunde Laufzeitdifferenz, das heißt genau 8 Nanosekunden liegen zwischen den beiden Signalen. Das Ergebnis steht fest, die 21cm Strahlung wird aus einem Raumgebiet emittiert, das bedeutend weniger als ein Lichtjahr von der Erde entfernt sein muss? In dieser Entfernung aber gibt es nichts, außer ein paar langperiodische Kometen, die aber können so weit draußen im kalten Raum keinen heißen, atomaren Wasserstoff freisetzen ...

Ein Raumschiff? Außerirdische? Oder eine der Fernsonden der Erde? Aber mit Wasserstofffusionsantrieb, nein so weit sind wir noch nicht ...

Erschrocken schaue ich auf die Uhr, nur noch eine Stunde, dann wird dieser Quadrant wieder hinter dem Horizont verschwinden ...

Habe ich nun wirklich etwas entdeckt? Soll ich die Information weiter geben? Bestimmt nicht, ich kann mich zu leicht lächerlich machen. Ich muss es erst zweifelsfrei beweisen. Aber gerade das geht an diesem Tag nicht mehr - aus zwei parallelen Gründen ... neben der Erddrehung ist ein weiterer Feind aller Astronomen aufgetaucht, ein Gewitter ... ein äußerst seltenes Ereignis hier in den Anden ...

Erste Blitze zucken, fern noch, wie ein Wetterleuchten, aber das Gewitter kommt rasch näher ... ein kräftiger Schlag – ich betätige den Hauptschalter, erde die Anlage.

Stunde um Stunde grollt es, es gießt wie aus Kannen ...

Der Wetterbericht meint: »keine Abnahme der Gewittertätigkeit.« Ich weckte José auf seinem Feldbett.

Trotz des ständigen Donnergrollen sieht er mich verschlafen an ... Wie kann er nur dabei schlafen?

»Was geben es, Signor?« fragt er.

»Nichts weiter, José, Gewitter! Feierabend!«

»Oh – tut leid ... Arbeitet Anlage wenigsten zufrieden?« fragt er in seinem spanisch-deutsch-kauderwelch ...

»Ich hatte nicht viel Zeit, aber es sieht so aus – du kannst in dein Quartier, dort liegst du bestimmt besser!« Er nickt. Gemeinsam betreten wir den Fahrstuhl. José schweigt, ich schweige. Als wir aussteigen beeilt sich José. »Schlafen gut!« ruft er mir nach.

»Ja, du auch«, sage ich und gehe den Gang weiter. Hundert Meter bis zu meiner Bude, tolle Sweet, in den Fels des Abhanges geschlagen ...

Recorder an, Symphonie aus der Neuen Welt von Dvorak ... Für mich sonst ein aufrüttelnder Genuss, normalerweise! Doch nicht an diesem Tage. Die Scheiben klirren, es ist zeitweise taghell, die Musik wird gnadenlos übertönt, ich schalte ab. Und den Fernseher ein. Nein, kein spanisches, deutsches Fernsehen über Satellit, aber auch das macht bei diesem Regenprasseln und Donnergrollen keinen Spaß. Ich trete dicht an die große Scheibe und schaue in das Blitzlichtgewitter, sehe die Antennenanlagen aufgehellt. Der Regen prasselt und flutet in Sturzbächen die Hänge hinunter ... Drei Uhr, ich dusche, gehe zu Bett ...

Tage vergehen, täglich die dicksten Wolken mit ständigen Gewittern. Meine Arbeit wird sehr theoretisch, von José höre und sehe ich nichts.

In den Nachrichten sprechen sie von einem seltenen el Nino-Ereignis. So viel Wasser hat es in der Umgebung schon seit Jahren nicht mehr gegeben ...

Dann am Abend des siebzehnten Mai, Telefon, ein Anruf aus den Staaten ...

»Ja Schulze?«

»Dr. Schulz?« fragt die Stimme.

»Ohne Doktor bitte, ich bin Dipl. Ing. – Ein DDR-Relikt.«

»Ein Gespräch aus San Diego, von Professor Karl Meiniger, ich verbinde, bitte warten sie!«

Ein Freund von mir, schon im Rentenalter aber noch sehr aktiv. Wir hatten uns vor Jahren auf einem Symposium kennen gelernt.

»Meiniger, guten Tag, oder besser guten Abend bei euch ...«

»Steffen, hast du heute Beobachtungen durchgeführt?«

»Leider nein, das Wetter! Tiefdruckgebiete und Gewitter, schon seit Tagen! – El Nino!«

»Schade Steffen, ich habe da etwas sehr interessantes ...«

»Banden von heißem, atomaren Wasserstoff?« komme ich ihm zuvor.

»Bist du Hellseher?«

»Nein, gewiss nicht, aber am Zwölften Mai, gegen Null Uhr, mit folgenden Koordinaten ...«

»Donnerwetter, dann hast du tatsächlich früher als ich ...«

»Hab ich, Professor Meiniger – und ihre Meinung?«

»Ein technisches Gebilde!«

»Tatsächlich, das denke ich auch«, sage ich.

»Es muss übrigens inzwischen seine Position merklich verändert haben – das deutet auf eine enorm hohe Geschwindigkeit!«

»Also, habe ich doch richtig vermutet.«

»Ja mein Lieber, zum Glück haben wir gesprochen, ehe ich etwas verlauten ließ. Du solltest schnellstens eine Pressenotiz herausgeben, kannst mich ja als zweiten, bestätigenden Entdecker angeben ...«

20. Mai, blauer Himmel, endlich!

Abends im Computerraum, die Antennen sind bereit, ich warte nur auf die richtige Position der sich über den Horizont erhebenden Raumsektoren.

Da, die Wasserstoffbanden, viel stärker als am 12. Mai. Wieder eine Peilung mit beiden Antennen. Das Ergebnis, eine Entfernung von wenigen Lichtwochen – was? Soviel näher-näher? Und das in zehn Tagen? Ich rechnete auf Grund meiner Vermutung. Ich wiederhole, doch es stimmt ... zumindest meine Rechnung.

Aber das Ergebnis? Alles andere als glaubwürdig ... mehrfache Lichtgeschwindigkeit! Blödsinn sage ich mir. Überlichtgeschwindigkeit gibt es nur bei masselosen Tachionen, Cronosteilchen und dergleichen, aber auch nur hypothetisch!

Am nächsten Tag gebe ich die Pressemitteilung heraus und eine an den Fachverband ...

Ich hüte mich jedoch meine Vermutung von Überlichtgeschwindigkeit zu äußern. Schon dieses Wort allein verweist jeden ernsthaften Wissenschaftler in das Reich der Phantasten.

»In der Zeitung kann ich dann lesen: Am Zwölften Mai wurde am ... Institut ... im 21cm Bereich eine intensive Stahlung aus Richtung ... registriert! Die Emissionsquelle befand sich zu dieser Zeit etwa 1,3 Lichtjahre von der Erde entfernt. Bestätigt wurde diese Entdeckung durch den namhaften USA Wissenschaftler Professor Meiniger.«

Schon in den nächsten Tagen gibt es weitere Nachrichten in der Tagespresse, im Radio und Fernsehen. Alles nüchterne, bestätigte Mitteilungen ... Auch Professor Meiniger, mein Freund wird zitiert ...

Sechsundzwanzigster Mai, ein Päckchen mit einer Ton-DVD, von Meiniger. Ich packe aus, schiebe sie in meinen Player und schalte ein ...

»Guten Tag, Steffen, auf dieser Scheibe sind die Übersetzungen von Originalaufzeichnungen, beziehungsweise ihre Zusammenschnitte. Gute Freunde haben sie mir besorgt. Alles topp Secret. Passe gut auf ...« einen Moment Rauschen dann aber geht es los, ich glaube meinen Ohren nicht zu trauen ...

»Das unbekannte Flugobjekt reagiert überhaupt nicht! – Staffel meldet Verlust von drei Kampfflugzeugen!«

»Lenkwaffentreffer ohne sichtbare Wirkung!«

»Abdrehen, abdrehen, Bereitstellungsraum beziehen, Befehle abwarten!« Gleich darauf eine Transmission der Fremden ...

»Wir sind Schöpfer, eure Waffen sind wirkungslos – verzichtet auf Gewaltanwendung! Wir wollen euch keinen Schaden zufügen – müssen nur unseren Auftrag erfüllen. Behindert uns nicht!«

»Was für Wesen seit ihr und in wessen Auftrag handelt ihr?«

»Wir sind nicht gekommen um Antworten zu geben! Wir werden landen – Wo?«

»Wüste, Nevada!«

»Nein, es muss an einem Meer sein, angenehmes Klima besitzen!«

»Ausgeschlossen, keine Landeerlaubnis!«

»Wir landen in Kalifornien!«

»Hört, Fremde, absolutes Landeverbot – letzte Warnung!«

»Sie antworten nicht mehr, Kapitän!«

»Auch gut – Alarm für die Basis, Drei Raketen mit Neutronensprengköpfen vorbereiten, 30 kt – im Abstand von 30 Sekunden feuern! – vielleicht können wir sie töten, ohne das

Fluggerät zu vernichten – es wäre von unvorstellbaren Wert für die Navy!«

Eine Dreißig kilotonnen Neutronenladung detoniert über der Wüste von Nevada!

»Treffer!« berichtet ein Pilot. »Ein greller Blitz, die sich formierende Feuerkugel fächert sich breit auf und zerstiebt in tausend Farben – aber nach oben, in den freien Raum ... das fremde Schiff setzt ohne die geringste Verzögerung seinen Weg fort, so als wäre überhaupt nichts geschehen. Da, die nächste Kernladung – wieder ein Treffer, doch der selbe Effekt.

»Noch einmal General?«

»Nein, auf keinen Fall, das fremde Schiff ist schon zu nahe an Las Vegas.«

»Wo ist es jetzt genau?«

»Es überfliegt mit einer wahnsinnigen Geschwindigkeit den Grand Canyon und setzt zur Landung an ...

»Wo? Verdammt noch mal, wo setzt es zur Landung an?«

»Zwischen Long Beach und San Diego ...«

»Nein, das darf es nicht! – Befehl an Helikopterstaffel, zum Landeplatz! Panzer und schwere Artillerie, absetzen, einkreisen!«

»Es ist gelandet!«

»Dann schnell all unsere Kräfte heranführen!«

»Wird erledigt!«

Es geht übergangslos weiter – offenbar wurde der Tonträger zurechtgeschnitten ...

»General! Wir kommen nicht nah genug heran, etwas wie eine unsichtbare Wand ... sie setzt jedem Vordringen ein massives Hindernis entgegen, selbst die Panzer ...«

»Was? So etwas gibt es doch nicht, seit ihr alle übergeschnappt?«

»Es stimmt, General, die Abschirmung wirkt auch von o-
ben, sie sind wie unter einer Energieglocke!«

»Das begreife ich nicht – sollten die uns wirklich so überlegen sein?«

»General, müssen wir denn angreifen?«

»Ja, sicher, sie sind doch ohne Erlaubnis in unser Gebiet ...«

»Wenn sie aber die Stärkeren sind sollten wir es nicht lieber
akzeptieren? Ist uns denn solche Handlungsweise so fremd?
Nehmen wir uns nicht auch manchmal das Recht des Stärkeren? – Diesmal eben ist es umgekehrt und das sollten wir akzeptieren?«

»Verstehe wer es wolle, sie wehren sich nicht einmal!«

»Vielleicht haben sie es gerade deshalb nicht nötig?«

»Unsinn, es werden solche Weltverbesserer sein, wie
Kommunisten ... mich würde interessieren wie die aussehen?«

»Weiß der Teufel, vielleicht sind es Spinnen, Kraken, oder
auch noch abscheulichere Kreaturen?«

»Egal was sie sind, vielleicht können wir sie gewinnen, für
unsere Zwecke, um uns für immer von all unseren Widersa-
chern zu erlösen. Würden wir über ihre Antiwaffen verfügen,
könnte uns niemand mehr mit Atomwaffen bedrohen!«

»Die werden uns gerade so etwas überlassen!«

»Warum eigentlich nicht, vielleicht denken sie ähnlich wie
wir und sind gerade deshalb hier bei uns gelandet? Könnte es
nicht sein? Die Chinesen würden spucken, vielleicht auch die
Russen, hi, hi!«

»Aber General die Russen sind doch nicht mehr unsere er-
klärten Feinde!«

»Natürlich nicht, ich weiß, ja! – Aber sitzt denn dieser Gor-
batschow wirklich schon fest genug? Was, wenn die Alt-

kommunisten putschen? ... ist dann nicht alles im Eimer! Und
wir stehen vor dem selben oder noch einem schlimmeren Dilemma?«

»Seht mal, da drüben geht etwas vor ...!«

»Ja, ich sehe, eine Luke öffnet sich ... da kommen tatsächlich Wesen mit Armen und Beinen ...«

»Menschen, wie wir, keine Exoten!«

»Ich kann es noch nicht genau sehen! Fernglas! - Oh Gott,
nein, nicht wie wir, es sind Nigger!«

»Aber Major, so sollten wir sie nicht nennen!« Doch er lässt
sich nicht beirren ...

»Nigger die solche Raumschiffe bauen – Gott und mit denen sollen wir verhandeln? – Ich bin zwar kein Rassist, aber
haben wir mit unseren Farbigen nicht schon genug Probleme?
- Wirklich alles nur Nigger?«

»Ja, kohlrabenschwarze ... wie im tiefsten Afrika!«

»Uns ähnliche Außerirdische – und so schwarz? – Brr!«

»Es werden immer mehr, es sind jetzt zwanzig ...«

»Zwanzig Mann?«

»Nein nicht nur, Frauen sind auch dabei, nein es sind Mädchen, nein jetzt sehe ich richtig, Niggerbälger, ich meine
schwarze Kinder!«

»Erzählen sie Major, wie alt?«

»Zwölf bis fünfzehn Jahre würde ich sagen.«

»Und was machen die nun?«

»Sie spielen irgendwelche Kreisspiele.«

»Kreisspiele?«

»Ja, und sie singen dabei.«

»Sie singen? In welcher Sprache?«

»In unserer, meine ich!«

»Was, die außerirdischen Negerbälger singen in unserer
Sprache – Gott im Himmel seit ihr alle übergeschnappt?«

»Nein, General, wirklich und wahrhaftig ... was sollen wir jetzt tun?«

»Lautsprecher, habt ihr Lautsprecher dabei?«

»Megaphone!«

»Dann sagt ihnen das sie zu euch kommen sollen.«

»Und dann?«

»Werden wir weiter sehen ...«

»He ihr Nigger – äh, schwarze Kinder – kommt her zu uns!«

Sie horchen auf, der Kreis zerstreut sich, einige schauen noch unschlüssig zu den Panzerfahrzeugen. Sie kommen zögernd näher. Tatsächlich sie sind schwarz wie Kohle. Die ersten bleiben verdutzt stehen und rufen: »Seht mal diese da sind ja völlig farblos, haben eine ganz helle Haut, obwohl sie sonst aussehen wie wir!«

Langsam, wegen der unsichtbaren Wand, tritt der Major näher. Doch seine Vorsicht ist unbegründet, die Wand existiert nicht mehr. Er fasst die Kinder sogar an, einen Jungen und eine Mädchen, bunt gekleidet etwa 13 Jahre alt.

›Keine Negerphysiognomie‹ denkt er bei sich. ›Keine vorspringenden Gesichtsknochen, kein Kraushaar ... keine hellen Handflächen - merkwürdige Neger!‹

»Guten Tag, ich bin Major Moore ... ich begrüße euch bei uns auf der Erde. Sagt mir doch bitte, wo ihr herkommt und wer ihr seid?«

»Wir kommen aus dem Schiff!« antwortet das Mädchen in akzentfreiem Englisch.

»Aus dem Schiff? – Das haben wir eben gesehen, ich meine davor?«

»Es gibt kein davor!«

»Ihr müsst doch von irgendwoher gekommen sein, mit eurem Raumschiff?«

»Es ist nicht unser Raumschiff, es ist ihres!« Er zeigt hinter sich.

»Und von welchem Stern kommen sie?«

»Von keinem – aus dem Raum und aus der Zeit!«

»Was ist das für eine Antwort? Wir wollen keine Rätsel lösen – doch einerlei, darüber später.« sagt er böse.

»Diese Wesen, die euch hergebracht haben nennen sich also großkotzig >SCHÖPFER< ... und wer sind diese, diese ...? – Sehen sie aus wie ihr?«

»Ja, genau, nur sind sie älter.«

»Auch so schwarz?«

»Auch so schwarz!«

»Und was sollt ihr nun hier?«

»Die Erde in Besitz nehmen ...«

»In Besitz nehmen, die Erde? – Das geht nicht, sie gehört uns, den Menschen!«

»Sind wir denn keine Menschen?«

»Doch, aber ihr seit hier nicht Zuhause, ihr fliegt doch sicher wieder ab?«

»Nein, wir werden bleiben!«

»Aber ihr versteht doch nichts von unserer Welt?«

»Wir werden lernen, lesen, schreiben, Mathematik und Naturwissenschaften haben wir schon gelernt ...«

»Habt ihr schon? – Ja wann denn? Hattet ihr denn so lange Zeit?«

»Zeit? Nein erst ein paar Tage.«

»In ein paar Tagen kann man so etwas nicht lernen!«

»Doch, die Schöpfer können so was, sie sind furchtbar schlau und mächtig!«

»Und weiter?«

»Was weiter?«

»Wir Menschen verstehen nicht, warum das alles?«

»Es tut uns leid, da können wir euch auch nicht weiter helfen.«

»Wisst ihr wenigstens über die Schöpfer noch etwas mehr?«

»Nein, nichts weiter!«

»Wann werden sie wieder abfliegen?«

»In wenigen Tagen!«

»Weit weg?«

»Elfhundert Lichtjahre!«

»Elfhundert? Und wirklich Lichtjahre? Wohin, aber?«

»Wir haben wirklich keine Ahnung, diese Zahl haben wir nur zufällig aufgeschnappt.«

»Könnt ihr sie nicht einfach fragen?«

»Nein, wir dürfen nur im Notfall mit ihnen Kontakt aufnehmen ...«

»Und wenn ihr trotzdem? Ihr wollt doch in Zukunft bei uns bleiben, ihr wollt zu uns gehören, darum bitten wir euch, fragt sie!«

»Ja, Steffen, soweit diese absolut geheimen Aufzeichnungen. Ich habe inzwischen schon die Tickets besorgt. Viele Grüße, Karl Meiniger.«

Ich bin erstaunt. Ein außerirdisches Raumschiff in den USA gelandet, keine Reporter zur Stelle – und keine offizielle Stelle gibt ein Statement? 50 Jahre nach Rosswell und noch immer Vertuschung und Geheimhaltung – in Sachen UFO? Ich befrage meine Anlage, doch es gibt inzwischen nichts mehr das atomaren Wasserstoff freisetzt ...

Es war also tatsächlich das Raumschiff der Außerirdischen. Aber so schnell dann die letzte Etappe bis zur Erde? Ich erwarte voller Ungeduld den Tag des Abfluges.

Der Hubschrauber holt mich pünktlich ab, fliegt mit mir nach Bogotá, wo ich die Linienmaschine nach San Diego besteige.

Am Zielflughafen erwartet mich Meiniger, wir umarmen uns.
»Wie fühlst du dich« fragt er.
»Etwas müde«, entgegne ich.
»Schlafen kannst du später – hier ist unsere Sondergenehmigung, die Ausweise ...«
»Wie haben sie das geschafft, Professor?«
»Geld, viel Geld, vergiss nicht, wir sind hier in Amerika, Money is King!«
Ich schaue auf meinen eben erhaltenen Ausweis: Major Schulz, Großbritannien ...
»Das ist ja Betrug!« konstatiere ich.
»Ein ›normaler Betrug‹ – doch keine Sorge, ein Freund von mir ist Präsidentenberater, notfalls regelt der die Angelegenheit!«
Ich schüttele missbilligend mit dem Kopf – wo bin ich da nur hinein geraten?
Aber schließlich siegt meine wissenschaftliche Neugier gegen alle Skrupel ...
Ich bin sehr gespannt, ja sogar neugierig, wie dieses fremde Schiff aussieht.
Vor uns ein weites, flüchtig mit Maschendraht und Stacheldraht abgezäuntes Areal. Obendrauf Isolatoren - Hochspannung! Ein Schlagbaum, ein Tor ...
Die Wachposten schauen in unsere Ausweise, salutieren und machen keinerlei Schwierigkeiten. Sicher sind sie gewohnt hohe ›Tiere‹ passieren zu lassen ...

Als ich schließlich dieses Raumschiff vor mir sehe, wirklich und wahrhaftig, wie es da in der Bucht am Strand von San

Diego steht, oder besser gesagt schwebt, so überaus friedlich, bin ich grenzenlos enttäuscht. Ich hatte eine überaus fremdartige Silhouette erwartet ... und nun, drei dicke Rohre, die ein gleichschenkliges Dreieck bilden. Es scheint in seinem mittleren Teil aus einen halbdurchsichtigen Material zu bestehen. Das gesamte Gebilde ruht auf einem, für menschliche Empfindungen viel zu kleinen Fuß. Es könnte durchaus auch eine moderne Plastik eines dieser avantgardistischen Bildhauer sein. Die übrige Oberfläche scheint pockenartig, überaus hässlich, teils ausgebessert, teils von Rissen durchzogen, kurzum, schmutzig, grau und nichtssagend ...

Das Einzige an diesem Gebilde, das einen gewissen Blickfang darstellt, sind diese im synchronen Gleichmaß blinkenden Leuchten – neun Stück, rot! Sonst nichts ... So hatte ich mir ein außerirdisches Raumschiff ganz und gar nicht vorgestellt ...

»Können wir näher ran?«

»Nein es ist unmöglich – ein Schutzfeld. Versuche es ruhig.«

Als ich meine Hand ausstrecke bietet sich ein schwacher Widerstand. Je weiter ich meine Hand vorstrecke desto schwerer wird es ... ich versuche es mit beiden Händen. Ein Feld mit sanft ansteigendem Gradienten, stelle ich fest. Es ist nicht unangenehm ... Noch ein Versuch, ich werfe mich voll dagegen und werde wie von einem Tamburin zurückgefedert.

»Genug gespielt!« sagt Professor Meiniger und greift mich am Arm.

»Und wo sind diese Schöpfer?« frage ich ihn.

»Einige werden drinnen sein, die meisten aber sind in der Stadt, man hat ihnen ein Gebäude zur Verfügung gestellt. Dort werden wir als nächstes hin, gleich hiernach. Ich habe gehört, dass sie nicht mehr lange bleiben werden ...«

Die Schöpfer bewegen sich völlig unbemerkt in San Diego. Nur ab und zu verfolgen sie neugierige Kinderblicke wegen dieser absoluten, afrikanischen Schwärze, wie sie in Amerika nur selten vorkommt.

Tage später aber geschieht dieser >Unfall<, dessen Anfang ich zwar nicht selbst erleben werde, deren Folgen aber um so schwerwiegender ausfallen sollen.

Wir fahren mit einem >Yellow<, ins Zentrum von San Diego.

»Es ist nicht mehr weit«, sagt der Professor. Der Taxifahrer fährt langsamer und hält an. »Den Rest müssen sie laufen, da vorne ist was los, möchte mich nicht festfahren!«

»Wo ist das >Sixten?< frage ich beim aussteigen.

»Dort, das Zwanzigstöckige Gebäude!«

Erst jetzt bemerken wir die Menschenansammlung.

»Ein Unfall ...«

»Ach kommen sie, Steffen, das geht uns nichts an!«

Aus dem Stimmengewirr höre ich einen Satz in gutem englisch, den ich verstehe und der mich betroffen macht.

»Diese Nigger laufen wie im Traum über die Straße!«

Sich drehende Lkw-Räder über den Köpfen ...

»Professor Meiniger, kommen sie, wollen sehen, vielleicht können wir helfen?«

»Nun, dann gehen sie allein, Steffen, ich warte vor dem Gebäude.«

Ich bahne mir einen Weg durch die Schaulustigen, will unbedingt sehen ob ich helfen kann, so als würde ich irgend etwas ahnen ...

Schrecklich dann was ich zu sehen bekomme. Ein Kühlcontainer liegt auf dem Rücken und darunter schauen Kopf und Brust eines Menschen hervor. Schwarze Haut in einer Blutlache ...

Die Feuerwehr kommt mit einem Kranwagen. Einer der Feuerwehrmänner schaut nach dem Verunglückten und schüttelt vielsagend seinen Kopf – Tot!«

Der Kran setzt an, als ein ebenfalls genau so schwarzer Mann zum gequetschten tritt. Zwei Feuerwehrleute greifen ihn und führen ihn zurück zur Absperrung. Ein Polizist spricht ihn an und fragt: »Sind sie mit dem Verunglückten verwandt, oder stehen sie ihm sonst irgendwie nahe?«

»Nein, nicht in ihrem Sinne. Wir sind Schöpfer und gehören deshalb zusammen!«

»Name?«

»Keine weitere Information!«

»Hören sie, sie müssen antworten, ich bin ansonsten gezwungen sie mit aufs Revier der örtlichen Polizei zu nehmen!«

»Wir sind Schöpfer wir lassen uns nicht zwingen – ich bleibe!«

Der Mann greift sein Funkgerät und ruft: »Hier ist 128, ich benötige zwei Mann Verstärkung, habe hier einen der die Anweisungen nicht befolgt und Widerstand leistet!«

»Wird er tätlich?«

»Nein, er weigert sich nur mitzukommen, ein Schwarzer!«

»Ist der Mann sehr Schwarz?«

»Ja, total!«

»Dann lassen sie ihn um Himmelswillen laufen!«

»Laufen lassen?«

»Ja, laufen lassen, er gehört zu diesen Aliens!«

Inzwischen erscheint am Unfallort ein weiterer, ebenso Schwarzer. Die beiden unterhalten sich in einer unverständlichen Sprache ...

Inzwischen hat der Kran den Laster angehoben und zwei der Feuerwehrleute ziehen den schrecklich zugerichteten Leichnam hervor. Die beiden Schöpfer die etwas abseits warten, treten dichter heran ... Wer will ihnen jetzt den Abschied von ihrem toten Freund verwehren?

Was nun geschieht, ist für normale Menschen unfassbar. Der Schwarze schlägt seine Faust in den Körper des Toten und reißt etwas blutiges aus ihm heraus ... der andere Schöpfer greift langsam nach dem Gestell der Bare, ruckt plötzlich an ... die sterblichen Überreste klatschen auf das Mosaikpflaster, Blut verspritzt, der andere zieht eine Waffe ... ein violetter Strahl blitzt auf, der Leichnam bildet eine glühende, dampfende Wolke ... und verschwindet.

Das ist zuviel für mich, ich springe diesen Schwarzen mit einem gewaltigen Satz an, reiße ihn herum ...

Er blickt mich aus gelangweilten, teilnahmslosen Augen an. Ich brülle ihn an: »Ihr verdammten Schöpfer! Habt ihr überhaupt kein Gefühl für eure Mitmenschen. Ist euch das Leben so gleichgültig und der Tod so respektlos?«

Er schiebt mich mit unglaublicher Ruhe und einer gelangweilten Mine von sich und richtet dabei seine Waffe auf mich.

Wutentbrannt, nicht mehr Herr meiner Sinne, schmettere ich ihm mit aller Kraft meine Faust mitten in sein apathisches Gesicht. Er taumelt rückwärts, verliert sein Gleichgewicht. Sein Arm mit der Waffe fuchtelt unnatürlich durch die Luft. Sein Körper schlägt fast zwei Meter entfernt, der Länge nach rücklings auf die Steine und bleibt bewegungslos liegen.

Obwohl das alles nur den Bruchteil einer Sekunde dauert, erlebe ich es wie in Zeitlupe ... Drei Männer eilen zum hingeschmetterten, ziehen ihn an den Armen hoch ... Leblos sinkt sein Kopf auf die Brust ... sein Hinterkopf ist total zertrümmert – dickes Blut, Flüssigkeit, Hirnsubstanz kleckern auf seine Schulter. Ich sehe es noch immer wie im Traum, so unwirklich ... ich erschrecke! – Das ist kein Traum! – >Was habe ich da getan? – Ihn umgebracht?<

»Mörder!« ruft es aus der Menge. Der Rufer hat wohl recht, mir ist speiübel.

»Ein Unfall« ertönt es lautstark. Der andere Schöpfer ruft es. Im nächsten Augenblick sehe ich wieder diese bläuliche Leuchten und ich weiß das auch dieser zweite Schöpfer von seinem Artgenossen zerstrahlt wird ...

Eine Hand legt sich schwer auf meine Schulter, der Polizist sieht mich irgendwie mitleidig an und fragt: »Haben sie den Schlag geführt?«

Ich nicke nur stumm. >Unfassbar<, ich begreife meine Tat nicht! Ich soll eben einen Menschen getötet haben, einfach so?

»Schwere Körperverletzung mit Todesfolge – ich verhafte sie!«

Etwas schnappt um meine Handgelenke ...

»Tut mir leid!« sagt er. »Auch wenn es nur ein Neger war – muss ich sie einsperren!«

»Ja, nur ein Neger«, sage ich völlig apathisch ... und ich merke nicht einmal das meine Worte rassistisches Gedankengut sind ...

»Warten sie!« ertönt es von hinten. Ein Mann in Zivil zeigt seinen Ausweis.

»Sergeant, lassen sie diesen Mann – er untersteht nicht unserer Gerichtsbarkeit!«

»Untersteht nicht? Er hat doch diesen Nigger dort ...!«

»Nein, eben nicht, es ist kein Nigger und auch kein Mensch von dieser Erde – es ist von diesem ... na sie wissen schon, das offene Geheimnis!«

»Deshalb aber müssen wir doch einen Gewaltstraftäter fest-setzen!«

»Bitte, Sergeant, keine Diskussion – lassen sie ihn frei, ich werde mich darum kümmern!«

»Zu Befehl, Major!«

Die Handschellen werden geöffnet, ich lasse mich willenlos führen ...

Professor Meiniger tritt auf uns zu: »Danke Major, sie können ihn nun mir überlassen!«

»Aber ...«

»Hier bitte, mein Ausweis!«

»Zu Befehl, General!« er macht ‚Männchen‘ ...

Mein Freund, Professor Meiniger, alias General Meiniger, führt mich in das Gebäude, in das wir ohnehin wollten. Wäre ich doch nur gleich ... Aber nein, ich musste zu diesem dummen Verkehrsunfall ...

Wir gelangen mit dem Fahrstuhl in den vierten Stock, Zimmer acht ... Da sitzen sie, wie in einem Tribunal – die Herren Schöpfer. Sie richten ohne etwas zu sagen ihre Blicke gleich auf mich, so als wäre Professor Meiniger überhaupt nicht vorhanden. Ich werde mir langsam aber dafür deutlich meiner Lage bewusst. Die Fremden würden über mich richten, mich verurteilen. Einer von ihnen erhebt sich, tritt näher ...

»Mensch, was hast du uns zu sagen?«

»Ich habe einen von Euch getötet – es tut mir aufrichtig leid!«

»Es ist erledigt!« sagt er in kalter Teilnahmslosigkeit.

»Ja, aber!« brülle ich, wieder völlig außer Fassung. »Ich habe einen der Euren getötet! Wollt ihr mich nicht verurteilen? Ich bin ein Mörder! Wie soll ich weiterleben mit meiner Tat? Ohne jede Sühne ...?«

Das Wesen, das sich Schöpfer nennt tritt ganz nah an mich, schaut mich mit kaltem starren Blick an – in seinem Gesicht bewegt sich nichts. Ich bin unangenehm berührt von dieser Nähe ... Dann sagt er die für mich unverständliche Worte: »Es gibt keinen Mörder – weil es keinen Getöteten gibt!«

»Aber, eben dort unten«, stottere ich. »Ich habe zugeschlagen ...«

»Und warum Mensch, hast du das getan?«

»Warum? – Wie er euren Toten behandelte, war so unmenschlich – ich war nicht mehr Herr meiner Sinne!«

»Lag es in deiner Absicht, hast du es geplant?«

»Nein, natürlich nicht! Es war eine spontane, gefühlsmäßige Reaktion, ich bedachte die Folgen nicht!«

»Dann war unsere Entscheidung richtig – du bist frei von Schuld!«

»Frei von Schuld?« wiederhole ich. »Obwohl ich getötet habe?«

»Nach unserem Recht bist du unschuldig und euer Menschenrecht ist in diesem Falle nicht anwendbar – also ist es erledigt – gehe nun!«

Ich nehme es hin und verlasse zusammen mit dem Professor den Raum. Es bleibt mir absolut unverständlich – selbst der Professor kann es mir nicht erklären ...

Diese Begegnung ist die vorerst einzige mit den Schöpfern. Trotzdem kämpfe ich noch lange mit den Nachwirkungen, zumindest im Traum und in Gedanken ...

Ein paar Tage noch verbringen der Professor und ich zusammen in San Diego ... es geschieht einfach nichts mehr.

Ein Bote bringt uns ein Telegramm ins Hotel. – Aus Russland? Akademie der Wissenschaften, eine Einladung nach Moskau, für Professor Meiniger und für mich ...?

Der Professor schüttelt seinen Kopf.

»Nein, keinesfalls zu den Russen ...!«

»Aus persönlichen Gründen?« frage ich.

Er schüttelt wieder seinen Kopf: »Ich habe nichts gegen diese ehemaligen Kommunisten ...«

Ich schaue ihn zweifelnd an. Meint er was er sagt? Er muss mein Unverständnis spüren ...

»Du zweifelst an meinen Worten?« fragt er nun mich. »Das brauchst du nicht, ich meine es wirklich so! Ich persönlich würde mit dir kommen – nur weißt du, ich habe hier soviel einflussreiche Freunde die ich damit kompromittieren würde. Sie trauen diesen Russen noch immer nicht über den Weg, schließlich auch deswegen, weil sie noch immer die größte Atomwaffensammlung der Welt haben ... Meine Gönner würden mir bestimmt Neigungen unterstellen denen ich wirklich nicht fröne. Nein, ich habe auf meine alten Tage keine Lust mehr zu kämpfen, ich überlasse das den jüngeren. Ich möchte die paar Jahre die ich noch lebe meinen Frieden haben, ganz persönlich. Du weißt nicht was es bedeuten kann hier in Amerika, als Sympathisant von Kommunisten zu gelten – für bestimmte Kreise sind die Russen nach wie vor Kommunisten und als solche natürlich potentielle Feinde der USA!«

Sicher hat er auf seine Weise Recht – ich weiss wirklich zuwenig über amerikanische Verhältnisse.

»Und wie ist es mit mir?« frage ich ihn provokativ.

»Keine Sorge, das FBI hat dich überprüft, du giltst hier nicht als Kommunist. Bei euch Deutschen ist man in dieser Frage sehr großzügig, nach all den Wendewirren ... Kein Amerikaner kann sich in die komplizierte Materie von Ost- und Westdeutsche Mentalität hineindenken.«

Ich nicke ihm zwar zu, aber dennoch verstehe ich es nicht.

»Nun ist ihre Geheimhaltung doch aufgeflogen!« sagt er. »Zu viele Menschen haben davon Wind bekommen ... es ist eben doch nicht mehr 1949!« er legt mir eine Zeitung vor, mit bunten fraulich wirkenden, nackten Negermädchen mit riesigen Brüsten. Im Hintergrund Raumschiffe, Strahlenwaffen schießend, besetzt mit affenartigen Geschöpfen, darunter mit großer Unterschrift: Invasion aus dem All – oder intelligente Raumfahrer sollen schwarze Affen und Negermädchen sein?«

»Unsere Presse ist immer aktiv – die Sensation ist Trumpf!« sagt er. »Nur der Informationsgehalt ist oftmals verwirrend! Halbwahrheiten gemischt mit unqualifizierten Vermutungen. Der reinste Rummel! Sich diese Zeitungen anzuschauen lohnt eigentlich nur wegen der haarscharfen, brillanten Farbbilder, die aber wie du selber sehen kannst aus einer geschickten Fotomontage bestehen ...«

Genau an diesem Tag trennen sich unsere Wege, ich reise zurück nach Deutschland. Professor Meiniger werde ich niemals mehr sehen. Unser einziger Kontakt wird ein Brief ...

Diese Einladung nach Moskau? Welchen Grund man wohl hat, Professor Meiniger und mich einzuladen? – sicher hat es mit dem fremden Raumschiff zu tun. Natürlich werde ich auch allein fliegen. Ich telefoniere mit dem Berliner Institut, sage Bescheid! Ich fliege am nächsten Morgen ...

In Moskau empfängt mich schon an der Maschine, Pjotr Brassow, ein Verhaltensforscher, den ich auf einer Tagung in Warschau, vor zwei Jahren kennen lernte.

»Was macht Amerika?« fragt er in seinem leicht gebrochenen Deutsch.

Ich winke ab. »Nicht viel gesehen ... San Diego, Los Angeles nur aus der Luft – Grand Canyon, sehr schön von oben, dann aber nur Wüsten ... Was soll ich noch sagen, protzig metallisierte Gebäude, wie eine Nummer zu groß geraten. Endlose Autoschlangen, schlechte Luft – aber auch ärmliche Hütten – eben starke Kontraste. Ein Land der unbegrenzten Gegensätze ... ich fühlte mich irgendwie verloren ... wie im Räderwerk von Mühlen, deren Funktion ich niemals begreifen werde ... vielleicht muss man da geboren sein, und Geld haben! Alles ist käuflich, nur eine Frage des Preises.

Aus meinem Freund, Professor Meiniger, wurde sogar einen General gemacht nur um Zugang zu bekommen. Ich will sie mit Einzelheiten verschonen, es ist nicht meine Welt ... allerdings, aber das wissen sie ja, möchte ich auch nicht in ihrem Lande leben, aber aus ganz anderen Gründen!«

»Ich bin Russe und verstehe das, Heimat ist eben Heimat, auch wenn sie nicht gut ist ...

Gehen wir gleich ins Hotel, ich will ihnen meine Neuigkeiten berichten, schließlich war ich bei fast allen hiesigen Gesprächen über die Außerirdischen mit dabei. Es lief folgendermassen ab...«

»Was ist mit dem fremden Raumschiff?« wurde gefragt. »Sie nennen sich »Schöpfer«, ist das nicht anmaßend? – Stimmt es das die modernsten Waffen der Amerikaner gegen diese Fremden nichts ausrichten können? Was wäre, wenn sie sich mit Hilfe der USA Militärs mit ihnen gegen und verbünden? – Auch andere Stimmen wurden laut, wie: »Die Fremden werden bald schon selbst die Situation in der sich unser Planet befindet erkennen – oder sollten sie dort ähnliche Probleme haben? – Kommen sie wirklich lichtjahreweit her? Muss ihre Technik der unsrigen dann haushoch überlegen sein? – Aber Schöpfer? Ob es sich um einen Übersetzungsfehler handelt? – Warum bekommen wir von der dortigen Administration keine detaillierten Informationen? Doch ein

Komplott? Vielleicht hoffen militärische Kreise mal wieder
auf Überlegenheit durch die Hintertür? Es sollten Vorkehrun-
gen getroffen werden!«

»Das waren also unsere Hauptthemen in Moskau ... dann
hier noch ein Augen- oder Ohrenzeugenprotokoll ... es, geschah einige Tage später ...«

»Das rote Telefon im Kreml läutet. Der Generalsekretär
nimmt persönlich den Hörer ...«

»Hier USA Präsident ... Eine wichtige Information, für sie.
Die bei uns gelandeten Außerirdischen beabsichtigen unser
Land zu verlassen, sie wollen zu ihrem Baikalsee – wir haben
keine Möglichkeit das zu verhindern!«

»Ich verstehe, Herr Präsident, danke, wir werden uns vorbereiten!« er legt auf. Einen Moment sitzt der Generalsekretär
wie versteinert, er überlegt, ehe er den Minister für Verteidigung anruft ...

Ihm persönlich war im Augenblick völlig unklar wie das
Problem zu lösen ist ... wären denn überhaupt sinnvolle Maßnahmen zu ergreifen? Wenn er nur wüsste was man sich den
Außerirdischen gegenüber erlauben darf? – Wenn diese
Fremden über wirklich so ungeheuerliche Machtmittel verfügen, wie ihm schon sein Geheimdienst berichtete und jetzt
noch von den Amerikanern direkt bestätigt wurde ... Nicht
einmal eine Kernladung soll denen etwas anhaben können ...
wäre dann nicht sowieso jede Gegenmaßnahme sinnlos?
Doch was sollen diese Gedanken über Waffen und Gewalt.
Diese Fremden haben sich zumindest bisher äußerst friedfer-
tig verhalten? War es nicht sogar erstaunlich das sie nach dem
Beschuss mit Atomraketen der Amerikaner nicht auch ihrer-
seits ähnlich feindlich reagierten, oder gar Vergeltung übten?
– Die Amis jedenfalls haben sich dabei nicht gerade mit

Ruhm bedeckt. Verwenden Kernwaffen gegen fremde Wesen die ihnen nicht einmal etwas getan haben ... Bei uns hätte das kein Verantwortlicher gewagt? Oder doch? - Was, wenn die Fremden mit den selben Mitteln geantwortet hätten? Millionen Menschen wären gestorben? – Aber immerhin, dass die Amerikaner Kernwaffen einsetzten bewahrt uns zumindest vor der selben Fehleinschätzung. Wenn die Fremden von uns ohnehin nicht aufzuhalten sind, können wir ihnen doch gleich freien Zugang gewähren ... Ob die Militärs ähnlich denken? Wieder ruft er den Minister für Verteidigung an: »Nun General, was denken sie?«

»Genosse Generalsekretär, wir haben im Führungsstab beraten und sind der Meinung auf den Einsatz und die Präsens von Waffen ganz zu verzichten!«

»Gut, gut, ich wollte ihnen das selben vorschlagen – außerdem machen wir dann sicher den besseren Eindruck auf die Fremden!«

»So das wäre erst einmal alles was du wissen solltest, morgen früh fliegst du zu dem von ihnen bestimmten Landeort!«

Zwei Tage später am Baikalsee ... in einem großen Luftkissenboot der Seestreitkräfte warten ein paar hohe Militärs, eine Abordnung der Akademie der Wissenschaften und auch ich, weit draußen auf dem See ...

Wir stehen in ständiger Bild-Ton-Verbindung über Internet und interne Funkverbindungen. Zahlreiche Radarstationen überwachen den Luftraum des möglichen Eintritts ... doch es erfolgt keine Benachrichtigung – niemand hat das Schiff der Außerirdischen orten können ...

Ein Schatten schiebt sich über den Steilhang an See, die dazugehörenden, rohrartigen Dreiecke verdunkeln die Mittagssonne. Langsam senkt sich das hässliche Gebilde zu dem schmalen Uferstreifen, verharrt über den Wipfeln der alten Kiefern und senkt seinen Standfuß in den feuchten, grobkörnigen Ufersand. Das knirschende Geräusch hören wir bis zu uns auf See ...

Unser Kapitän steuert das Luftkissenboot zu der kleinen Bucht vor dem Raumschiff ... Im Näherkommen sehen wir wie sich eine frei schwebende Plattform mit Drei dieser Schöpfer zum Boden bewegt. Sie steigen von dieser Fahrstuhlartigen Plattform und kommen zu unserer vermeintlichen Anlegestelle ... Doch der Kapitän fährt das amphibische Fahrzeug, für sie scheinbar unerwartet, auf das feste Ufer. Die Schöpfer weichen etwas zurück, als ob sie ein solches Fahrzeug nicht kennen ... Trotz ihrer sichtbaren Irritierung zeigt sich in ihren Gesichtern nicht die geringste Spur von Erregung. Ein Schöpfer tritt etwas vor und redet mit überraschend warmer, weicher und völlig akzentfreier Stimme.

»Erdenmenschen der anderen Welthälfte, wir grüßen euch! Wir sind Schöpfer und müssen hier unsere Aufgabe erfüllen, behindert uns nicht!«

Das ist mir alles nicht neu, es klingt wie aufgesagt. Eigentlich müssten sie mich doch kennen, aus San Diego – doch es folgt keine erkennende Regung ... Aber auch ich hätte nicht mit Bestimmtheit sagen können ob es die gleichen Subjekte von damals waren. (Etwas weigerte sich zu diesem Zeitpunkt in mir zu diesen Wesen ‚Menschen‘ oder ‚Männer‘ zu sagen oder zu denken.)

Fällt es für Mitteleuropäer schon unter so dunkelfarbigen Menschen schwer Gesichtszüge zu unterscheiden, so ist es bei diesen Subjekten die sich ‚Schöpfer‘ nennen absolut unmöglich ... Für mich sieht da einer wie der andere aus – schwarz, was natürlich nichts über meine Einstellung darüber aussagen soll. Die Hautfarbe von Menschen ist für mich kein Kriterium zur Beurteilung ihrer Persönlichkeit! Und doch ... bin ich sicher auch nicht ganz frei davon.

Sie reden weiter ... Unser Verhandlungsführer nimmt die Fragen entgegen und gibt die vorbereiteten Antworten. Bis ich mich dann mit einer Frage in deutsch an die Schöpfer wende ... Ich weiß ja das ihnen die fremde Sprache keinerlei Probleme bereitet.

»Dürfen wir euer Raumschiff besichtigen?«

»Noch nicht – zuerst müsst ihr die Kinder mitnehmen!«

»Welche Kinder...«

Doch ist jede weitere Frage überflüssig. Zwanzig pechschwarze Kinder, jungen und Mädchen um die Fünfzehn Jahre alt ...

»Nehmt sie!«

Über Funk fordern wir ein Schlauchboot – die Kinder steigen wie selbstverständlich ein. Niemand gibt eine Erklärung, Niemand stellt eine Frage. Das Schlauchboot mit den Kindern fährt hinaus auf See zu der Liftkissenjacht ... wir schauen ihnen nach ...

Schweigen – fast dreißig Sekunden ... Die Schöpfer scheinen sich untereinander abzusprechen ... schließlich kommt die Antwort, spontan und emotionslos – wie nicht anders zu erwarten.

»Aber bitte, Menschen, folgt uns!«

Zusammen betreten wir die Gondel und stehen uns dabei recht eng gegenüber. Diese kalten, unpersönlichen Blicke dieser Wesen lassen mich wieder erschauern. Ich bin sicher, den anderen meiner Gruppe geht es genauso.

Diese frei schwebende Platte, eine Art Aufzug, hält an, wir betreten einen größeren Raum. Ich würde da an einen Kommandoraum denken ... überall nüchterne Zweckmäßigkeit, etwa 12 Meter in seiner kreisförmigen Grundfläche. Was mich persönlich überrascht sind die auffällig wenigen Geräte und Apparate und nirgendwo ein Bildschirm ...

Wir gehen weiter. Seltsamer Weise stehen überall im Schiff weitere dieser Schöpfer herum, besonders vor Wandöffnungen. Sie stehen griechischen Säulen nicht unähnlich, zumindest genau so unbeweglich und sie stieren stur geradeaus und würdigen uns nicht eines Blickes. Genauso wundert mich das keiner von ihnen irgendeiner Tätigkeit nachgeht. Wie sie so herumstehen erinnern sie mich an einen alten Film: »Zwanzigtausend Meilen unter dem Meer, oder die Wachposten vor dem englischen Königshaus ... ich empfinde das überaus merkwürdig, auf eine andere Art aber auch unwürdig für so hochintellektuelle Wesen ...

Besitzen denn diese Schöpfer überhaupt keine Neugier? Sind sie schon so abgeklärt und erhaben, das sie derart über allen Dingen stehen? Oder handelt es sich hier um blind, fanatischen Gehorsam? Drill? Wenn sie uns aber so weit überlegen sein sollen, wozu dann dieses Strammstehen, dieser zur Schau getragenen Gehorsam?

Drei dieser Schöpfer führen uns durch gleichartige Gänge. Sie benennen zwar auch Räume, geben aber keinerlei weiterreichende Erklärungen. Als ich stehen bleibend auf ein rötlich leuchtendes Feld zeige, fallen die für uns alle seltsamen Worte: »Antrieb, Tabu!« nichts weiter ...

»Tabu?« was soll das bedeuten?« frage ich.

»Verboten für euch Menschen!«

»Aber wieso?«

»Tabu!«

Ich lasse es sein ...

Nun fragt Woronzow.

»Seit ihr schon lange auf der Erde?«

»Acht Tage«, antwortet einer der Schöpfer.

»Und davor?«

»Nein, niemals, die Erde ist uns unbekannt.«

»Dann wollt ihr die Erde sicher kennen lernen?«

»Nein, daran haben wir keinerlei Interesse, wir sind Schöpfer und haben andere Aufgaben zu erfüllen!«

»Was für Aufgaben?«

»Energie aufnehmen, Raumschiff reparieren und schöpfen, euch diese Kinder übergeben ...«

»Schöpfen? Was soll das bedeuten?«

»Erschaffen, herstellen!«

»Ja, aber was denn?«

»Euch Menschen!«

»Was, ihr wollt uns herstellen?«

»Wir wollen nicht, es ist unser Auftrag!«

»Von wem habt ihr den Auftrag?«

»Keine Information!«

»Werdet ihr noch lange bleiben?«

»Nein!«

»Wie lange?«

»Bis wir das Technetium bekommen, das ihr uns versprochen habt!«

»Das kann noch dauern!«

»Solange warten wir!«

»Und wenn ihr es habt, wohin fliegt ihr dann?«

»Zygnus im Schwan ...!«

»Ja aber ... das sind ja ein paar hundert Lichtjahre ... ihr werden inzwischen altern und sterben ...!«

»Altern, sterben ... diese Begriffe sind für uns ohne jede Bedeutung!«

»Ohne Bedeutung? Es ist die Grundmaxime des Lebens? – Wenn ihr aber nicht mehr lebt, wer erfüllt dann den Auftrag?«

»Andere von uns!«

»Wie sollen wir das verstehen – es gibt doch keine anderen, und ihr alle seit fast gleichaltrig! Lebt ihr denn so lange?«

»Wir leben nicht, wir existieren – nach zwanzig Jahren werden wir getauscht!«

»Gegen wen?«

»Gegen unsere Nachfolger!«

»Nachfolger, ohne Frauen?«

»Frauen brauchen wir nicht – wir sind nicht wie ihr, wir sind geschlechtslose ...«

Ein gleißender Strahl, offenbar aus einer Strahlwaffe zischt an mir vorbei, eliminiert ihn sofort und vollständig zu Asche. Erschreckt und erregt schaue ich zu dem noch dampfenden Häufchen Asche am Boden und dann zu dem Schützen, wie er vollkommen unbeteiligt seine Waffe in das Futteral schiebt ...

Ich nehme mich mächtig zusammen, brülle aber trotzdem: »Warum, warum tut ihr so etwas unmenschliches?«

»Er funktionierte nicht richtig – gab Tabu – Information weiter!«

»Und nur deshalb habt ihr ihn getötet?«

»Keine Information, Tabu!« noch immer die völlig unbeteiligten Blicke, nicht nur des Schützen ... es scheint überhaupt keinen von ihnen zu interessieren, was da eben vorfiel ...

Wieder werde ich laut:

»Ihr nennt euch Schöpfer und tötet?«

»Wir töten nicht, wir eliminieren unwertes ...« sagt er ganz ruhig.

»Wortklauber, verdammter Nazi!« schreie ich ihn an. »Wann bringt ihr uns Menschen um?«

»Deine Ausfälle sind unbegründet und unpassend - wir werden keinem von euch Menschen einen Schaden zufügen – es ist Gesetz! Intelligentes Leben muss geschützt und bewahrt werden!«

»So, so und das was hier eben vorging steht das nicht in krassem Widerspruch zu eurer Maxime!«

»Kein Widerspruch – kein intelligentes Leben – nicht getötet!«

»Ihr habt eine merkwürdige Auslegung, sie ist uns unverständlich, erklärt sie uns!«

»Keine weitere Information zu dem Thema - Tabu!«

Woronzow sieht mich vielsagend an und deutet nach draußen, ich nicke ihm zu. Laut sagt er:

»Danke ihr Schöpfer, wir haben genug gesehen, wir möchten gehen!«

»Bitte!« die Gruppe der Schöpfer dreht sich um. Einer von ihnen fährt uns wieder nach unten.

Unsere >Luftkissenyacht< schaukelt wieder in der sanften Dünung, des im Augenblick so friedlichen Baikalsee. Knapp Hundert Meter von uns entfernt liegt das fremde Raumschiff. Unser Luftkissenboot ist zu unserer vorläufigen Heimstatt geworden. Die Regierungsbeauftragten und die Negerkinder hat man inzwischen mit einem Armeehubschrauber abgeholt – sie sollen in Moskau offiziell Bericht erstatten. Wir aber warten auf Dinge die sich noch ereignen werden.

Im Grunde aber rechnet keiner von uns mehr mit besonderem, wir wurden restlos, und das in jeder Hinsicht, in die Defensive gedrängt. Sicher wird sich erst wieder etwas mit der

Anlieferung des Technetium ändern. Die Schöpfer schweigen. Weder Funk noch sonst irgendeine Aktivität.

Der Strudel in Ufernähe tanzt glucksend und schlürfend hin und her und mit ihm die fast Halbmeter dicke Schlauchleitung zu ihrem Schiff.

Der Kapitän des Luftkissenbootes fragt mich in der Eigenschaft als Physiker:

»Sagen sie Herr Schulze, was machen die mit dem vielen Wasser, es müssen doch Tausende von Kubikmetern sein?«

Hunderttausend bis Millionen«, berichtige ich.

»Ja, aber das wäre ja mehr als ihr Schiff groß ist ...!«

»Sicher«, entgegne ich. »Sie werden das Wasser in seine Komponenten zerlegen, den Wasserstoff in seinen festen metallischen Aggregatzustand überführen um ihn später in ihren Fusionsreaktoren zu verschmelzen, ähnliches werden sie mit dem Sauerstoff tun.«

»Da kommt wieder der phantastische Schriftsteller durch«, meint Brassow.

»Nein, ganz im Ernst«, sage ich. Was sollten die sonst mit soviel Wasser – nur eine logische Schlussfolgerung. Wenn es stimmt das sie mehrere hundert Lichtjahre überbrücken können, müssen sie zwangsläufig über märchenhaft effektive Antriebe verfügen, die aber auch sehr viel Energie benötigen. Ihr habt ja gehört, Zygnus im Schwan ... außerdem spricht für den Wasserstofffusionsantrieb auch die Entdeckung durch Radioteleskope ...«

»Solch eine technische Entwicklung? Dann sind sie uns ja Tausend oder mehr Jahre voraus«, meint Brassow.

»Das jedenfalls ist ganz gewiss – aber außer technisch scheint mit ihnen nicht viel los zu sein. Das sind doch Tattergreise in den letzten Zügen, noch ehe sie gelebt haben, diese stoische Ruhe, weder Wut noch Zorn, weder lachen noch weinen. Die haben meiner Meinung nach überhaupt keine E-motionen ...

Wenn wir Menschen auch einmal so werden sollten – nein danke! Dann bleibe ich lieber Jetztmensch, mit all meinen Fehlern und Unvollkommenheiten. Was nützt ihre superhohe technische Entwicklung ohne Entwicklung der Moral, der E-thik, der Gefühle? Was nützt ein Leben ohne Würde, Liebe, Hass, Ehrfurcht vor dem eigenen Leben?

»Eines verstehe ich noch viel weniger ... Mit ihrem Raum-schiff sind sie unbesiegbar – ihr wisst, die Amerikaner mit ihrem Kernwaffenschlag ... Zum anderen aber kann man sie mit einem Faustschlag töten. Ist das nicht ein ganz verrückter Widerspruch?

Würden wir Menschen in einer ähnlichen Situation nicht alles tun um uns durch fremdeinwirkenden Tod zu schützen? Und wenn trotzdem einer von uns getötete würde – hätten wir ihn nicht wie auch immer geborgen, selbst unter Einsatz unse-res Lebens und unserer Gesundheit? Wir hätten ihn sicherlich geehrt und feierlich beigesetzt und sichtbar getrauert ...

Die aber kommen, sehen ihren Toten und zerstrahlen ihn einfach wie ein Stück Dreck! – Aus, weg, vorbei?

Auch wenn sie so ganz anders als wir selbst sein sollten – Leben und Tod muss man einfach achten und respektieren! Ehrlich gesagt würde ich nicht einmal meinen Hund so besei-tigen! Ich glaube es wird höchste Zeit das sie uns wieder ver-lassen. Sie nutzen uns überhaupt nicht, moralisch gesehen wie auch humanistisch können sie uns nicht das Wasser reichen. Ihr Wissen mag dem unsrigen weit überlegen sein – aber was haben wir davon? Sie schließen uns absichtlich und mit Nachdruck von ihrem Wissen aus – siehe ihre ≻Tabu-Informationen≺. Im Grunde sind sie mit uns in keine echte Kommunikation getreten. Sie geben uns nichts, weil sie nichts über sich sagen, nichts über Gefühle und Empfindungen, nur stereotype, nichtssagende Reden. Was wir über sie wissen haben wir selbst entdecken müssen. Sie scheinen aber auch keinerlei Interesse an uns zu haben und das, obwohl sie zugeben uns nicht zu kennen!« gebe ich zu bedenken.

»Das einzige was sie uns wirklich gegeben haben sind diese Kinder«, sagt Woronzow. »Sie scheinen auch ganz normal zu sein, bisher jedenfalls. Nur habt ihr mal überlegt das diese Kinder zu einer tödlichen Falle werden könnten?«

»Du meinst negative, zerstörerische Erbanlagen?« sagt der Kapitän.

»Ja, ihre Nachfahren könnten so mutieren, das sie genau wie die Schöpfer werden, ohne Gefühle, ohne Regungen, oder noch viel schlimmer! Völlig neue Erbkrankheiten oder neue unbekannte Immunschwächen könnten sich breit machen ...«

Ich schüttle meinen Kopf: »Nein Freunde, das geht zu weit, macht nicht gleich kosmische Verbrecher aus ihnen, dazu haben wir wirklich keinen Grund. Kein Mensch ist durch sie zu Schaden gekommen. Auch die verschollenen Jägerpiloten der Amerikaner sind inzwischen unversehrt zurück, dafür aber haben sie selbst schon drei ihrer Leute verloren, sogar durch menschliche Schuld!

»Diese Kinder? Ob sie von irgendwo evakuiert worden sind? Vielleicht aus einem anderen, havariertem Raumschiff? – Und die sogenannten Schöpfer haben sie dann einfach zu uns gebracht, weil wir den Kindern entwicklungsgeschichtlich näher stehen als den Schöpfern. Oder hat jemand bei den Kindern schon diese Gefühlsarmut bemerkt?« frage ich.

»Nein, überhaupt nicht, sie könnten ein repräsentativer Erdquerschnitt sein!« sagt Brassow. »Nur das sie eben so sehr schwarz sind, so absolut! – Seltsam ist weiterhin das sie trotz dieser intensiven Hautfarbe keinerlei negroide Physiognomie aufweisen. Sie unterscheiden sich deutlich von allen ähnlichen Populationen der Erde. Sie sehen eigentlich wie Mitteleuropäer aus, die man schwarz gefärbt hat, selbst ihre Haar weicht von der Norm ab, es besitzt keine Krause, es ist eher strähnig, wie von Asiaten! Wir sollten tatsächlich davon ausgehen, das diese Kinder außerirdischen Ursprungs sind! – Genaueres können wir ohnehin erst nach Auswertung der genetischen Untersuchungen sagen ...«

»Und der Name ≻Schöpfer≺?« frage ich ihn.

»Schöpfer, Schöpfer? – Ja vielleicht eine falsche Übersetzung?« meint der Kapitän.

»Es könnten heimatlose Wanderer zwischen den Welten sein, die für die Belange einer planetengebundenen Zivilisation einfach kein Verständnis haben.« Antwortet Brassow.

»Warum erklären sie uns dann nicht den Sachverhalt?« frage ich weiter.

»Das machen sie später«, sagt Woronzow.

»Ja, wann denn?« wendet der Kapitän ein. »Sie reisen sicher bald ab!«

Ich nicke mit dem Kopf und sage: »Dieser ganze Vorgang um einen ersten Kontakt mit einer fremden Spezies ist doch sehr betrüblich für uns. Was haben wir Menschen nicht alles für Hoffnungen auf eine Begegnung mit Außerirdischen gesetzt. Und nun? Nichts davon ist in Erfüllung gegangen. Später wird man sagen: »Wir hatten Besuch aus dem All – von wo wissen wir nicht, weil sie uns fremd geblieben sind. Wir hatten nichts ausgetauscht, nichts gelernt, nichts gewonnen. Gut, sie haben uns Kinder da gelassen, wir haben sie groß gezogen wie unsere eigenen ... Diese Fremden nannten sich ,Schöpfer!« Sie sind ohne erkennbaren Grund, ohne Sinn und ohne ein Ziele zu nennen wieder verschwunden, spurlos in den Tiefen des All's ...«

Am und um das Schiff der Fremden hat sich nicht das geringste verändert. Es steht noch immer unbeweglich am See. Und noch immer saugt der Strudel das Wasser in ihr Schiff ...

Vorgestern wurde das Technetium angeliefert und durch uns übergeben. Die Schöpfer nahmen es ohne die geringste Bemerkung, ohne jeglichen Dank – obwohl dieses synthetische Element für die Menschen ein extrem teures Metall darstellt.

Keiner der Schöpfer lässt sich sehen, obwohl sie wissen müssen, das wir auf irgendeine Geste von ihnen warten ...

Die Eingangsrampe! Da geschieht etwas! Eine gelbglänzende Kugel von etwa zwei Meter Durchmesser und noch eine ... rollen schwerfällig in den Strandsand und hinterlassen tiefe Spuren ...

Es sieht aus wie Gold – es mögen Dutzende Tonnen dieses Edelmetalls sein. Danach lässt sich einer der Schöpfer sehen. Langsam kommt er mit diesem frei schwebenden ›Fahrstuhl‹ herab. Wir steuern ihm entgegen und fahren auf den Strand. Ich erhebe mich schnell und laufe ihm entgegen. Einige Schritte vor mir bleibt er stehen, mustert mich und sagt in seiner grenzenlosen Unberührtheit: »Ich teile euch mit, das wir in fünfzehn Minuten abfliegen werden. Bleibt während der Startphase draußen auf dem See, in eurem Fahrzeug. Die Kugeln bestehen aus elementarem Gold, als Bezahlung für das Technetium!« er dreht sich um und geht zurück zum Schiff. Aufgeregt kommen mir Woronzow, der Professor und der Kapitän entgegen ...

»Was ist, was hat er gesagt?«

»Das Gold ist die Bezahlung! – sie fliegen ab!«

Ungläubig schauen sie mich an. Nein, nicht wegen des Goldes, das ist ein normaler Akt von Bezahlung, übrigens ein guter Preis für ein paar Kilogramm Technetium. Bestürzt sind wir nur von ihrer so schnellen Abreise.

»Macht euch nichts vor«, sage ich. »Ihr habt doch nicht etwa einen großen Bahnhof erwartet? Sie verschwinden eben genau so wie sie gekommen sind ...«

»Ja, aber ohne die geringste Geste des Abschieds, ohne irgendein freundschaftliches Vermächtnis?« fragt Woronzow.

»Da war doch nicht mehr zu erwarten! Aber wenn ich ehrlich bin, habe ich doch auch noch auf irgend etwas gehofft ... so aber, wenn sie erst gestartet sind, wird alles so sein als hätte es diese Landung nie gegeben ...«, sage ich.

Die Minuten vergehen schnell, das fremde Schiff erhebt sich. Kein Feuerstrahl, kein aufwirbelnder Staub, nichts. Es wird schneller und schneller, kleiner und kleiner, bis es unseren Blicken entschwindet und Eins wird mit dem Blau des Himmels.

»Das war's!« sage ich. Betretenes Schweigen ...

Funkspruch an die Zentrale nach Moskau: »Schöpfer soeben gestartet. Benötigen Lastenhubschrauber für etwa zwei mal 30 Tonnen Gold, Brassow!«

»Hier Moskau! Sagtet ihr Gold?«

»Ja, reines Gold, zwei Kugeln!«

»Verstanden! – Gut, beeilt euch, ihr werdet in Moskau brennend erwartet! Besonders den deutschen Astrophysiker Steffen Schulz – zwei der Kinder wollen unbedingt nur mit ihm reden. Es soll sehr wichtig sein!«

›Merkwürdig, was wollen die Kinder gerade von mir? Wo ich mich mit ihnen wirklich nur sehr kurz beschäftigt habe.‹

Erst mit dem Hubschrauber dann mit einer Tupulew. Wir fliegen zu Viert. In Moskau erwartet uns ein Schwarzer Wolga, direkt neben der Landebahn.

Der Wagen fährt schnell, der Fahrer ist einer jener schweigsamen Typen, die ich nicht sonderlich mag. Wir gelangen zu einem Vorort, einer kleinen Bungalowsiedlung.

>Institut für Kosmosforschung< steht auf einem unscheinbaren Schild. Schlagbaum, Wachen davor. Ausweiskontrollen.

Halle Sieben, wir halten, auch hier ein Posten mit umgehängter Kalaschnikow ...

»Professor Onyx, Psychiater«, stellt er sich vor. Ein kleiner dicker mit ebensolcher Brille.

»Bitte kommen sie, die Kinder warten schon!«

Wir betreten die Baracke. Ein dünner, schlaksiger Junge, etwa 14 Jahre alt und ein Mädchen, schon deutlich weiblich, beide von dieser absoluten, schwarzen Hautfarbe, sitzen auf einer Bank, erheben sich kommen mir entgegen ...

»Guten Tag – du bist doch ...?«

»Ja, ich bin! Nur warum gerade ich?«

»Weil du der einzige Mensch bist der von Anfang an dabei war – auch schon in Amerika!«

»Ja, wart ihr denn beide schon in San Diego mit dabei?« frage ich verwundert.

»Nein, aber die Schöpfer haben uns berichtet.«

»Ich verstehe, aber was ist denn nun so wichtig?«

»Wir sind von den Schöpfern beauftragt dir eine wichtige Mitteilung zu machen.«

»Gerade mir? Wo ich einen von ihnen getötet habe!«

»Wir wissen um die Angelegenheit – du hattest keine Schuld!«

»Aber ...?«

»Lass und erst erklären, du wirst begreifen ...«

Bei ihren ersten Sätzen wird mir klar, das sie sich nun plötzlich an alles erinnern können – sehr gut sogar ... von den Schöpfern müssen sie anscheinend vorübergehend blockiert worden sein.

Der erste Satz den das Mädchen spricht, trifft mich wie ein Hammerschlag vor den Kopf – habe ich es doch ganz tief im Unterbewusstsein schon gespürt – es schien mir aber zu phantastisch um es ernsthaft zu erwägen ...

»Die Schöpfer sind keine menschlichen Wesen in unseren Sinne – sie sehen zwar so aus, aber es sind dennoch Maschinen!«

»Ja aber, sie haben Blut wie wir, ein Gehirn das ausgelaufen ist ...«

Das ist auch richtig, es sind ja auch keine technischen, sondern biologische Maschinen ...«

»Ihr meint Biomaten?«

»Ja, diese Bezeichnung trifft es ziemlich genau!«

»Seit ihr euch ganz sicher? Wie wollt ihr das beweisen?«

»Sie besitzen keine Geschlechtsorgane«, sagt das Mädchen. »Und mehr noch, wir haben sie oft genug beobachtet – sie brauchen auch nicht auf die Toilette und wir haben sie auch niemals essen sehen!«

»Wir glauben auch das sie nicht schlafen müssen – und wenn, dann sicher im Stehen!«

»Wenn das stimmen sollte, wäre es ja ungeheuerlich! Biologische Roboter, die mächtiger sind als wir Menschen ... Wo aber sind dann die Herren dieses Schiffes, die sie geschaffen haben?«

»Es gibt sie nicht«, sagt das Mädchen.

»Sollten die Roboter in der Lage sein völlig autonom zu existieren und zu handeln?«

»Vielleicht regelt das die Hirneinheit ihres Schiffes«, sagt der Junge.

Jetzt wird mir so manches klar – ihre Reaktion, ihr Verhalten – und ich glaubte ein menschliches Wesen getötet zu haben ...

»Und ihr Kinder, wo seit ihr her?«

»Nicht her ... sie haben uns künstlich gezeugt – es ist ihr Auftrag, sie sind doch Schöpfer!« sagt der Junge.

»Schöpfer ... sie nennen sich nicht nur so ... sie sind es also tatsächlich, im wahrsten Sinne des Wortes. Assoziationen werden wach ... Schöpfungsgeschichte, Menschwerdung – Adam und Eva. Diese Roboter erschaffen Menschen und setzen sie auf weit voneinander entfernten Planeten aus. Wenn sie seit Zigtausend Jahren unterwegs sind – könnten sie nicht einst auch die heutigen Menschenrassen erschaffen oder zumindest manipuliert haben? - Aber wenn es so ist, so müssen sie diesen Auftrag doch irgendwoher haben! – Von wem? – Und wenn Roboter schon so mächtig sind, wie weit entwickelt mögen heute ihre Erbauer sein?«

»Wir können dazu nichts sagen, denn wir wissen es nicht – allerdings sind in ihren Computern Aufzeichnungen älter als Hunderttausend Jahre!«

»Aber Kinder, so lange kann doch kein Raumschiff funktionieren und keine Computer!«

»Wenn sie aber ständig alles erneuern? Sie sind ständig am ausbessern und reparieren, sogar am ständigen Neukonstruieren von irgendwelchen Teilen.« Sagt das Mädchen.

»Deshalb macht das Schiff solch einen geflickten Eindruck«, spreche ich so vor mich hin.

»Und weiter?« ich schau die Kinder fragend an.

Sie schütteln mit den Köpfen, es ist alles was sie wissen.

Ich lasse mich die paar Kilometer nach Moskaustadt mit dem Taxi fahren, will mich mit dieser Gruppe treffen. Ich spiele die DVD mit den Aufzeichnungen ab, die ich vorsorglich kopieren ließ und wo ich das Neue hinzugefügt hatte. Allgemeine Überraschung – Roboter – unfassbar!

Die Tür geht auf.

»Verzeihung! Hier die Auswertung der genetischen Untersuchungen!«

Eine weitere Sensation, alle Kinder besitzen genetische Codes mit einer so absoluten Fehlerlosigkeit, wie man sie unter Erdenmenschen überhaupt nicht findet. Nein, es sind keineswegs Klone, zwischen ihnen sind nicht einmal verwandtschaftliche Verbindungen nachweisbar ... selbst bei Menschen unterschiedlicher Rassen findet man Ähnlichkeiten hier aber nicht! Ein Zufall? Nein!

»Das bedeutet, Freunde«, sagt unser Verhaltensforscher, Brassow. »Das sie uns eine Kollektion Mustermenschen überlassen haben. Dahinter muss einfach ein Plan stehen, ein System! Besteht der Name Schöpfer doch zurecht? Schaffen diese Roboter wirklich neue Menschen? Warum, zu welchem Zweck? Kann man denn an einen Auftrag glauben, der nach Jahrtausenden zählt?«

≻Sie sind also zu den selben Schlussfolgerungen gekommen wie ich ...≺

»Ich denke da schon eher das sie vielleicht einst einen Auftrag hatten einen Planeten zu bevölkern«, sage ich. »Irgendwann später muss dann etwas schief gegangen sein und sie haben sich verselbstständigt ... und nun suchen sie immer

124

weiter nach geeigneten Planeten. Sie erzeugen weiter menschliche Wesen nach dem ursprünglichen Vorbild ...«

»Sollte man sie nicht bremsen?« fragt Woronzow.

»Lieber nicht, es könnte falsch sein. Vielleicht sind sie noch immer beauftragt, aus Gründen die wir nicht kennen. Die Auftraggeber könnten uns zur Verantwortung ziehen«, antwortet Brassow.

»Aber Freunde«, sage ich. »Es ist doch müßig! Erstens sind sie schon so weit weg und Zweitens haben wir doch ihre passiven Waffen kennen gelernt – sicher verfügen sie auch noch über aktive Waffen, gegen die wir absolut nichts tun könnten. Sicher, vielleicht hätten wir sie überlisten können und mit Knüppeln erschlagen. Das es möglich wäre habe ich ja wohl deutlich bewiesen ...

Aber auch wenn sie nur Roboter sind, was reden wir da, schaden sie doch niemandem. Ich finde wir sollten dankbar sein für diese Kinder ohne genetische Defekte ...«

»Trotzdem hätten sie uns lieber lehren sollen genetische Defekte zu heilen, oder sonst irgend etwas von ihrem Wissen über Humangenetik, oder auch etwas über ihre Vergangenheit sagen ... über Herkunft, Gesellschaft oder Entwicklung." meint Brassow.

»Aber wenn es doch Roboter sind ... sie hätten es bestimmt nicht gekonnt, weil sie doch sicher einem Programm folgten<, wendet Woronzow ein.

»Das ist nur eine Theorie! – Was, wenn sie sich selber evulutionieren? Fragt Brassow.

»Ob so etwas überhaupt möglich ist? Wir wissen es nicht einmal in etwa abzuschätzen. Wir kennen nicht einmal die Kriterien die solche biologischen Roboter von uns Menschen trennen! Wer von uns will sagen wann ein biologisches System Mensch ist und wann oder wodurch es zum Roboter wird? Wo sollen wir bei unserem derzeitigen Wissensstand die Grenze ziehen?« gebe ich zu bedenken.

»Gewiss aber wären wir dem näher gekommen, wenn wir einen von ihnen untersucht hätten – aber das war ja leider auch nicht möglich, zu schnell haben sie alle Spuren verwischt! Ich denke da nur an die schnelle Zerstrahlung ihres beschädigten Roboters! Es kann natürlich auch wieder sein Gutes haben. Wer weiß wohin uns solch spezifisches Wissen noch hinführen würde? Biologische Roboter für Kampfzwecke aus richtigen Menschen ... Spuken diese Gedanken nicht schon lange und weltweit in den Hirnen militärischer Kreise? Das atomare Inferno haben wir gebannt, der Friede ist viel sicherer geworden. Was aber wissen wir um die Gefahren biologischer Manipulationen am Menschen? Oder mit einem ihm ähnlichen biologischen Geschöpf?« meint Brassow.

Wie soll es nun weiter gehen?« fragt der Kapitän.

»Wie schon, wir können alles getrost vergessen, es war ein einmaliges Ereignis! Besinnen wir uns. Wir haben die Kinder, erziehen wir sie zu guten Menschen. Forschungsobjekte sollten wir aus ihnen nun wirklich nicht machen. Nur das nicht! Aber dennoch sollten wir ihre Entwicklung im Auge behalten. Hoffentlich denken die Verantwortlichen auch so?« sage ich.

Bald schon wurde es still um die Geschehnisse. Sicher unter Wissenschaftlern gingen die Diskussionen noch weiter. Hypothesen wurden aufgestellt und wieder verworfen. Konnte es denn nachträglich überhaupt gelingen Licht in das Dunkel zu bringen? Zwei kleinen Abweichung zu uns Erdenmenschen hat man bei den Kindern doch noch feststellen können. Zum einen besitzen sie keinen Blinddarm und zum zweiten besteht ihr Chromosomensatz wie bei uns aus 22 Paaren, plus der beiden geschlechtspezifischen X,Y Chromosomen – aber da ist noch ein weiteres Einzelchromosom, genau halb so groß wie das ohnehin schon kleine Y ... Die Deutung dieses zusätzlichen 25. Chromosom konnte selbst nach langwierigen Untersuchungen nicht enträtselt werden. Man vermutet eine verstärkte Immunabwehr. Andere Forscher sprechen von besonderen geistigen Potenzen ... Wer hat Recht?

Doch was ist schon geschehen? Im Entwicklungsmaßstab der Erde, eigentlich nichts. Zwei mal zwanzig besondere Menschen auf über fünf Milliarden – welch ein Verhältnis?

Ich bin längst wieder in Berlin, gehe im Institut meiner Arbeit nach. Natürlich bin ich oft bei Anhörungen, wissenschaftlichen Symposien. Noch immer geht es um die Schöpfer und was sie uns hinterlassen haben – die Kinder. Immer wieder muss auch ich an sie denken, verfügen sie doch über ein ausgezeichnetes Wissen, das bei ihnen ohne eine Schule zu besuchen, ständig wächst. Es werden anscheinend Mechanismen wirksam von denen wir Menschen uns überhaupt keine Vorstellung machen können. Es sieht so aus, als hätten sie dieses Wissen von Anfang an, es war nur blockiert und wird jetzt erst sequentiell freigelassen. Phantastisch, wenn wir Menschen so etwas beherrschen würden. Wissen ohne zu lernen, mit Hilfe einer Pille oder ähnlichem ...? Mit Überraschungen seitens der Kinder ist da in Zukunft sicher noch zu rechen.

Einige Tage später erreicht mich eine Nachricht, anscheinend nicht mit der Post – aber sicher hat es einen wichtigen Grund.

»Lieber Freund!
Ich weiß aus offiziellen Berichten wie es bei dir in Russland, am Baikalsee alles ablief. Das auch ich das alles äußerst merkwürdig und mysteriös finde, brauche ich dir wohl nicht

extra zu bedeuten. Sicher wäre ich gerne dabei gewesen –
doch hätte das etwas geändert? Ich glaube nein! Wir müssen
uns wohl oder übel damit abfinden, das uns keine andere Zivilisation freundschaftlich die Hand gereicht hat. Die Träume
und Wünsche sind vorbei, es folgt die Ernüchterung und die
sogar im doppelten Sinne des Wortes, leider auch ganz persönlich.

»Was ich dir nun mitteile ist »top secret!« ob ich nun zum
Verräter meiner Heimat werde oder nicht, überlasse ich dir.
Mache Gebrauch davon, wenn du glaubst etwas zu erreichen
– aber lass es sein, wenn keine Hoffnung besteht!

»Weißt du was man hier mit den Kindern vorhat? Es ist ungeheuerlich! Sie sollen Nachkommen miteinander zeugen ...
Du wirst sicher fragen was dagegen einzuwenden ist? Sie stehen doch in keinem verwandtschaftlichen Verhältnis zuein-
ander ... das ist sicher auch richtig. Aber ich denke da an euren Hitler, an seine Herrenmenschenidee. Es ist schon so alt
diese Theorie. - Eine Elite, eine menschliche Auslese zu
züchten ... war es damals nur eine Wahnidee, wäre sie heute
mit diesen Kindern auch ohne weiteres durchführbar. Überlege dir also gut was du tun willst!

Freundlichst ...«

Dieser Brief gibt mir zu denken, allerdings würde ich mich
sehr wundern wenn gerade Amerikaner aus Schwarzen eine
Elite züchten wollen, sie hätten doch alle ihre Rassenfanatiker
gegen sich, auch noch die Reste des Ku-Klux-Klan ... Doch
das wäre nur ein Problem. Wenn ich offiziell irgend etwas
verlauten lassen würde, käme sicher die Frage woher ich diese
Information hätte? Durfte ich meinen Professor verraten? Die
Militärs sind bestimmt nicht gerade fein, wenn irgend jemand
ihre geheimsten Projekte preisgibt.

Ich tat es also nicht und war froh, dass erst einmal alles vorbei war ... wegen der Kinder etwas zu unternehmen, dazu fehlte mir einesteils der Mut und anderen Teils wollte ich Professor Meiniger wirklich nicht dieser Gefahr aussetzten ... außerdem hoffte ich das es nicht zu so etwas kommen würde und die Vernunft siegen würde.

Das war mein ganz persönlicher Bericht, den das FBI von mir bekommen hat. Ich habe nichts weggelassen, auch nicht meine Meinung über gewisse politische und rassistische Ausfälle. Da Professor Meiniger tot war, hatte ich auch keine Probleme alles über ihn frei zu erzählen. Allerdings bin ich bis Heute den Verdacht nicht losgeworden, dass Meiniger womöglich ermordet wurde ... Es könnte mir schließlich ähnlich ergehen ... zumindest darum gab ich auch meine Datenträgeroriginale mit dazu – ich wollte einfach keinen weiteren Zoff mit dem FBI und endlich meine Ruhe haben. Zum Schweigen war ich sowieso verdammt – schließlich hatten sie sich das schriftlich garantieren lassen ... und ohne Beweismittel, wer würde mir schon glauben? Und ändern an dem was geschah, konnte sowieso keiner mehr ...

ENDE

Fremde Intelligenz

Der Funkkontakt zur Altair, ihrem Aufklärungskreuzer, riss ab. Im Grunde ein ganz normales Phänomen beim hinabtauchen in die Atmosphäre eines erdähnlichen Planeten, also kein Grund zur Aufregung.

Nora, eine durchschnittlich aussehende Frau von Sechsundzwanzig, Floralogin für Extraterrestik und außerdem die Tochter des Kommandanten, saß am Kommandopult des kleinen Gleiters, neben ihr Futang, Planethologe, der Leiter ihrer kleinen Erkundergruppe, den sie irgendwie mochte. Gemeinsam bemühten sie sich auf dem Schirm Einzelheiten zu erkennen. – Erg, der Faunologe, suchte am Bioanalysator einzelne Lebensformen zu selektieren.

»Erstaunlich«, sagte er. »Schon hier in den äußersten Schichten der Atmosphäre ist überall Leben!«

Sie schauten kurz zu ihm herüber und wussten nicht so recht was ihn zu dieser Bemerkung veranlasste – natürlich hatten sie mit Leben auf solch einem Planeten gerechnet, zumal sie schon von der Altair solch einen Wust von Eiweißverbindungen entdeckten, wie noch nirgends zuvor.

Dieser Planet, der Fünfte in der Lebenssphäre dieser uralten Sonne, ›Sigma–A‹, hatte sich von Anbeginn durch dichte Wolkenformationen gegen jeden tieferen Blick abgeschirmt. Vermutlich gab es sehr viel Wasserdampf bei tropischen bis subtropischen Temperaturen.

Höher entwickeltes Leben konnte durchaus möglich sein. Eine technische Zivilisation jedoch nicht, sie hätten sonst längst schon irgendwelche Signale oder energetische Ausstrahlungen auffangen müssen. Dieser Planet jedoch schwieg auf allen elektromagnetischen Bereichen.

Ihr Gleiter flog nur noch sehr langsam über die vermeintlichen Wolkenschichten, berührte sie hier und da um schließlich einzutauchen ...

Ein Stoß, noch einer! Weitere folgten – was war dass? – Sie mussten sich festhalten um nicht aus ihren Sitzen gerissen zu werden. Irgend etwas bremste den Gleiter gummiartig ab. Der Autopilot verstärkte den Schub. Kurzzeitig verspürten sie eine Beschleunigung, doch gleich darauf wieder dieses Abbremsen. Die Triebwerke stöhnten auf und erstarben ...

Futang hatte in die Armatur gegriffen und sie abgestellt.

Nora schaute ihn missbilligend und verwundert an. »Ich dachte ich sei der Pilot ...«

»Wie denn? Sieh doch selbst, hier ist kein fliegen mehr möglich, wir sitzen fest. Versteh doch Nora, wir sind bereits gelandet!«

»Wo denn – die Oberfläche ist 120 Km unter uns?« Erg erhob sich und trat zu den Beiden, dabei schaute er fragend zum Schirm ...

»Das hier sind keine Wolken! Ich kann es zwar nicht erklären, aber hier ist überall Leben, so als wären wir mitten drin gelandet.«

Alles weitere geschah sehr schnell ...

Nora fühlte plötzlich etwas sonderbares, so als blicke sie jemand von hinten an, sie drehte sich um und kreischte ... »Das Schott!« Sie zeigte angstvoll, mit weit aufgerissenen Augen und zitternder Hand zum hinteren Einstieg ...

Die Männer drehten sich ruckartig um und erstarrten. Dort wo die Türabdichtung den Spalt füllte, quoll etwas heraus ...

Futang riss den Werfer vom Pult. Noch, ehe er abdrücken konnte schnellte ein Gallertschlauch nach seiner Waffe und saugte sie mit einem schmatzenden Geräusch einfach ein ...

Nora schrie wieder, doch diesmal völlig unartikuliert, ja hysterisch. Es wurde dunkel, die Notbeleuchtung sprang an und beleuchtete ein gespenstisches Bild ... Tentakeln die durch den Raum peitschten ...

Die Menschen aber schienen sie zu meiden ... noch!

Nora hatte entsetzliche Angst, sie klammerte sich an die beiden Männer, die aber auch keine bessere Figur machten. Auch Futang und Erg hatten Angst, weil das was sie sahen nicht mit ihrem Wissen und Erfahrungen zu vereinbaren war. Diese Türabdichtungen waren gegen alle bekannten Säuren resistent und vertrugen Temperaturen von über Eintausend Grad ...

Doch es war nur eine winzige Verschnaufpause – übergangslos richteten sich die Tentakeln schließlich gegen sie. Von einem Augenblick zum anderen kam Dunkelheit und Vergessen über sie. War es der Tod?

Futang erwachte, seine Umgebung drang auf ihn ein. Doch war das real, konnte es so etwas geben? Er hoffte, dass es nur ein Traum sein möge, aber offenbar war es keiner ...

Sein Bewusstsein funktionierte wieder ... aber gerade deswegen bemerkte er an sich etwas schockierendes – er atmete nicht und er brauchte es auch nicht. Andererseits aber konnte er auch überhaupt keine Luft holen ... zu allem Übel war er völlig nackt und sein goldener Siegelring fehlte ... Er griff an sein Herz, doch schlug es schnell und pochend. Die Auswirkungen seiner Angst!

Angst aber wovor? Nicht atmen zu müssen oder zu brauchen ist für einen Menschen durchaus beängstigend. Andererseits aber fühlte er keinerlei Atemnot?

Er rief sich zur Ordnung, versuchte ruhig und sachlich zu denken – ganz langsam gelang es ihm ...

Ein neuerlicher, vorsichtiger Atemversuch ... Nein, es war unmöglich! Irgend etwas verhinderte das, es saß wie ein Pfropf im Halse, allerdings entstand auch weiterhin nicht das geringste Bedürfnis Luft zu holen. Nur im Abstand einiger Minuten kam da so ein unbestimmter Reflex ...

Es war eine Tatsache mit der er sich wohl oder Übel erst einmal abfinden musste.

Wie aber konnte es dazu kommen? Er dachte an veränderte Partialdrücke, Übersättigung mit Sauerstoff, besondere Trägermedien, bis er begriff, dass er sich in einer Flüssigkeit befand, es konnte sich keineswegs um Wasser handeln, die Konsistenz war weitaus stabiler und zäher ...

Er erinnerte sich – mit Flüssigkeitsatmung hatte man auch auf der Erde experimentiert, man kam jedoch niemals über das Versuchsstadium hinaus. Diese Wesen hier, er war überzeugt das es sich um eine fremde Macht handeln müsse, hatten offenbar alle Probleme der Flüssigkeitsatmung gelöst ...

Krampfhaft versuchte er den Sinn seines Zustandes zu ergründen. Sicher gab es Hunderte von Möglichkeiten, keine jedoch erschien ihm plausibel genug. Zu dem bemerkte er an sich auch noch Gedächtnislücken. Seine gedankliche Frage nach dem woher oder wohin griffen ins Leere. Warum nur? Verfügte er doch sonst immer über besonders gute Erinnerungen.

≻Was mag das für eine Flüssigkeit sein, die ihn umgab? So durchsichtig, mit einem kaum vorhandenen Lichtbrechungsindex, trotzdem aber sirupartig, sie behinderte nicht seine einzelnen Bewegungen und doch fixierte sie ihn offenbar ...≺ Trotz Schwimmbewegungen kam er kein Stück voran.

Seine Gedanken drangen zu den ersten Namen vor, Erg und Nora? – Saßen sie drei nicht zusammen im Lander und tauchten in diese Wolkenformation ...? Wolken die keine waren? – Ja, so muss es gewesen sein ...

Was dann, hatte es Probleme gegeben? Wurden sie nun gefangen gehalten oder nur vor Schlimmeren bewahrt? Galt das überhaupt alles ihnen, oder war es ein Versehen. Wurden sie bewusst in diese Lage gebracht? Wenn, wer waren diejenigen die so etwas veranlassten?

Ja, Körperbewegungen waren ihm möglich – doch änderten all seine Versuche nichts an seiner Lage innerhalb dieses gallertartigen Medium ...

Ohne Frage, er konnte selbst nichts ausrichten. Eigenartiger Weise störte ihn dieser Zustand immer weniger. Seine innere Verkrampfung löste sich langsam, sein Verstand gewann mehr und mehr die Oberhand gegen all die unterschwelligen Emotionen ...

Nur Erg und Nora fehlten ihm noch zu einem relativen, momentanen Wohlbefinden unter diesen Bedingungen – er sorgte sich um ihr Schicksal ...

Da geschah etwas, die Gallert setzte sich in Bewegung, sie begann zu fließen, zu strömen. Interessiert beobachtete er die Bewegungen um sich. Zwei dunkle Umrisse kamen ihm entgegen ...

Freude stieg in ihm auf. Erg und Nora strömten ihm zu und schälten sich mehr und mehr aus der Unschärfe – ihre Situation war offenbar die selbe ...

Er war trotz der seltsamen Situation überrascht was er sah – er hatte nicht erwartet das Nora solch schönen, reizvollen Körper besaß. Unter seinen tastenden Blicken begannen sich Nora's Wangen zu röten. Sagen konnte sie ja nichts, dafür schüttelte sie nur ihren Kopf. Erschreckt wurde sich Futang seiner Blicke bewusst – er musste allen Willen aufbieten um sich loszureißen ...

Und noch etwas bemerkte er, Nora hatte ihre Angst verloren und sich offenbar genau wie er, mit ihrer Lage abgefunden.

Wurden sie von der Gallert beeinflusst? Der Gedanke lag nahe. Ihr Verweilen voreinander dauerte nur wenige Minuten. Schließlich begann es wieder zu strömen. In eine gewollte Richtung? – Zum Glück blieben sie zusammen ...

Die Altair stand in der vereinbarten, geostationären Position, hoch über dem Äquator des Planeten und wartete auf Nachricht, oder auch schon auf die Rückkehr der Drei ...

Es vergingen Stunden, Tage, eine Woche – doch nichts, kein einziges Lebenszeichen erreichte sie von der Oberfläche, es war gerade so, als hätte sie der Planet verschluckt.

Der Kommandant des Schiffes wurde zunehmend unruhiger und nervöser, etwas das er eigentlich immer zu vermeiden suchte. Äußerlich beherrschte er sich noch vor den anderen. Er befürchtete das sie glauben würden, dass er nur wegen seiner Tochter so beunruhigt war.

Er gab Befehl für die Suchsonden. Doch auch sie verschwanden ohne Wiederkehr. Langsam machte sich unter ihnen Ratlosigkeit breit. So etwas hatte sie noch nicht erlebt. Schließlich spielte der Kapitän mit dem Gedanken einfach hinabzutauchen ... sicher, es war strengstens verboten. Doch würde er eine Wahl haben bei drei Menschenleben? Drei, von denen ein Leben seiner Tochter Nora gehörte ...

Sein Schiff, die Altair, galt als unbezwingbar, mit all ihren Schutzfeldern und den Materialien aus denen sie gefertigt war. ›Unbezwingbar?‹ Solch eine Terminologie überhaupt zu verwenden ... war seiner Meinung nach vermessen. Konnte es überhaupt etwas von Menschenhand geben, was nicht zu bezwingen war? – Und doch verhieß auch ihm diese Behauptung eine besondere Sicherheit. Selbst er war nicht völlig gefeit dagegen.

Noch kämpfte er mit sich, immer und immer wieder. Lange wurde er sich nicht schlüssig. Er konnte sich nicht von dem Gedanken freimachen es womöglich nur für seine Tochter zu tun – obwohl sie alle auf seinem Schiff eine eingeschworene Gemeinschaft darstellten, die schon Jahre zusammen arbeitete.

Wenn er es tat, würde es ihm schlimmstenfalls sein Patent kosten. Vor Gericht aber würde er sich so und so verantworten müssen. Kämen die Drei nicht wieder, würde er in die Pflicht genommen und tauchte er hinab, müsste er sich ebenfalls verantworten. Ein Dilemma! – Aber etwas anderes beeinflusste letztlich seine Entscheidung. War er nicht deshalb nur noch am Leben, weil es eben Menschen gab die gegen solche Gesetze verstießen? – Damals rettete ihn der alte Remo von einem explodierenden Planeten, auch der handelte gegen ausdrückliche Regeln und rettete damit viele Menschen ...

Doch was sollte das, weg mit diesen Gedanken. Er hatte eben seine Entscheidung getroffen und bereitete sich vor ...

Maling und sein Energetiker fühlten sich durch seine so plötzlich administrative Art übergangen, sie waren gewohnt gemeinsam mit ihm zu diskutieren und nicht nur Befehle zu empfangen und widerspruchslos auszuführen und dazu noch ohne eine Begründung ... Der Kommandant forderte diesmal einfach ihre Unterordnung? Doch sie sagten nichts und verkniffen es sich nicht ohne Überwindung. – Nicht weil er Kommandant war, sondern in diesem Falle wohl mehr der Vater seiner Tochter. Sie wussten das er sie abgöttisch liebte ... sollten sie ihn in zusätzliche Konflikte stürzen?

Unter Feldschutz bewegten sie das Schiff in Richtung der milchig weißen Masse, die auch sie für Wolken hielten. Da ihr Radar nicht eindringen konnte, näherten sie sich nur langsam, tauchten schließlich ein und gelangten bald schon in dichtere Bereiche. Diese unbekannten Wolken schränkten ihre Geschwindigkeit ein ...

Bald schon arbeiteten die Triebwerke mit voller Leistung. Keiner begriff so richtig, bis es auch für sie zu spät war – ihr Antrieb schaltete plötzlich, ohne jede Vorwarnung einfach ab und damit saßen auch sie fest!

»Verdammter Mist!« fluchte der Kommandant. »Was sind das für dämliche Wolken?«

»Es sind keine!« sagte Jung

»Was dann?«

»Eine elastische Masse, die nur wolkenähnlich aussieht!«

»Feldgeneratoren auf Maximum!«

Das Schiff schuf um sich herum einen kugeligen freien Raum von fast Eintausend Metern. Darüber hinaus aber regierte nur diese weiße, diffuse Masse. Sie verkleinerten das Schutzfeld, vergrößerten die Antriebsleistung, doch außer ein paar Metern gewannen sie nichts.

»Wir sollten das Feld abschalten, und mit äußerstem Energieeinsatz durchstarten, wir sind sonst verloren!«

»Jung, was soll das, welch eine Schnapsidee!« erwiderte der Kommandant barsch. Jung schaute beleidigt zur Seite, sagte aber nichts. Vielleicht ahnte er was in dem Manne vor ging.

»Dieses verdammte Feld schluckt unsere gesamte Energie!« schrie der Kommandant wütend, er schlug dabei mit der Faust auf das Steuerpult.

»Maling, bitte die Energiebilanz!«

»Sechsundsiebzig zu fünf Achtel, das heißt wir könnten ohne das Feld fünf Monate unsere Position halten!«

Der Kommandant nickte zustimmend, Jung jedoch verzog verächtlich seine Mundwinkel: »Fünf Monate, das glaube wer will. Was wenn wir das Feld wieder errichten müssen, oder gar kämpfen?«

»Du bist ein Pessimist, Jung, siehst immer nur Schwarz. Auch wenn du dein Ende schon vor dir siehst sind wir noch lange nicht soweit!« ermahnte ihn der Kommandant.

Statt einer Antwort deutete Jung nach Draußen: »Es geht schon los!« sagte er süffisant.

Das Feld begann zu pulsen ...

Am Heck berührte die milchige Masse den Schiffskörper. Sie trauten ihren Augen nicht, diese hochfeste Legierung löste sich einfach auf ...

So sehr sie ihr Feld auch dehnten, es nutzte nicht mehr. Das Feld pulste immer heftiger, die weiße Masse berührte den Schiffskörper immer öfter. Weitere Sektionen lösten sich auf. Nichts schien der Masse zu widerstehen. War ihr Ende gekommen?

Futang entdeckte zuerst dieses große, dunkle Gebilde, das sich ihnen langsam näherte. Das Medium wurde außerdem zusehends durchsichtiger, gerade so, als wenn man ihnen das Zuschauen erleichtern wollte. Die Drei erkannten ihr Schiff, sie ahnten schon was geschehen würde. Doch konnten sie dagegen überhaupt nichts tun.

Die Absicht der Gallert schien teuflisch, sie musste nach einem Plan handeln ... Noch, ehe Futang diesen Gedanken zu Ende gedacht hatte, geschah es schon. Das Schiff, oder besser gesagt die Reste die davon noch übrig waren, lösten sich vor ihnen gänzlich auf ...

Die Drei Insassen des Raumkreuzers erwachten genau wie vorher der Landetrupp. Nackt und bloß erlebten auch sie diese urtümlichen Ängste, jeder ganz für sich allein, ohne jede Möglichkeit der Kommunikation oder Artikulation ... Für Menschen des Zweiundzwanzigsten Jahrhunderts doch schon recht ungewöhnlich. Und dann noch dieses ausgeliefert sein, einer unbekannten Macht? – Ja davon sollten sie wohl ausgehen ...

Als sie sich erkannten, schlug ihre Angst in Freude um. Sie alle waren am Leben und gesund – zwar ohne Technik und ohne jede Kleidung, aber wenigstens zusammen. Seltsam war es schon, das man offenbar nur die materiellen Werte vernichtet hatte – ihr Leben aber geschont ... doch musste es ja nicht dabei bleiben, wer weiß was noch allen geschehen würde?

Alles was kommen würde hinge nun ausschließlich von diesen imaginären Fremden ab.

Sie hielten sich bei den Händen und versuchten sich durch primitive Zeichen zu verständigen. Wo befanden sie sich überhaupt? Um sie war nur diese halbdurchsichtige Gallert, die nach belieben ihre Fernsicht einschränkte.

Futang dachte intensiv über all das nach. >Sollte es nicht immer und überall einen Ausweg geben?<

Diese Fremden verhinderten ihre Kommunikation! Wollten sie den Menschen beweisen über welche Machtmittel sie verfügten?

Langsam, zuerst fast unmerklich, begann sich eine stärker werdende Strömung auszubilden, sie zerrte an ihnen und begann sie mit sich fort zu ziehen, immer schneller ...

Als sie übergangslos festen Boden unter ihren Füßen spürten, konnten sie schließlich aus dieser Gallert heraustreten ...

Ein warmer Luftstrom umspülte sie. Einen Augenblick rangen sie nach Luft, gleich darauf aber konnten sie wieder Luftholen, richtig frei atmen. Ihre ersten, wohltuenden Atemzüge ...

Nora hatte sich anscheinend an die Blicke der Männer auf ihrem nackten Körper gewöhnt, und genoss mittlerweile die teils bewundernden, teils begehrenden Blicke sogar ein wenig.

Als sie schließlich wieder reden konnte, klang ihre Stimme fremd und piepsig. Die Fünf drehten sich besorgt zu ihr. Doch als Futang mit ebensolcher Stimme antwortete, wussten sie Bescheid ...

»Helium im Gemisch mit Sauerstoff, ein für Menschen gut atembares Gemisch. Der Stimme wegen wäre Stickstoff natürlich besser«, meinte der Kommandant.

Nora schaute in die Runde: »Wieso dürfen wir plötzlich wieder atmen und reden?« fragte sie, dabei bereitete es ihr offensichtlich Vergnügen an den Männern provokativ herunter zu schauen. Wenn der so von ihr observierte Mann eine gewisse Verlegenheit zeigte freute sie sich spitzbübisch ... es war ihre Art von kleiner Rache für die Blicke der Männer ...

»Ich denke es liegt an mir«, behauptete Futang.

»An dir?« sie betrachtete auch ihn abschätzend ... aber nicht ohne ein gewisses Wohlwollen – ja, er gefiel ihr ...

»Die Fremden werden meine Gedanken analysiert haben!« behauptete er.

»Soll das ein Witz sein?« fragte sie.

»Nein, ganz im Ernst, wartet ab!«

Futang konzentrierte sich wieder.

»Nun?«, fragte er einen Augenblick später. »Merkt ihr nichts?«

»Was sollen wir merken?« fragte Nora.

»Das es funktioniert, unsere Stimmen ändern sich langsam, das heißt sie tauschen das Helium gegen Stickstoff aus!«

»Ja richtig, und du meinst nur wegen deiner Gedanken, Futang?«

»Sicher, das kann nicht nur Zufall sein. Doch nun etwas anderes – was meinst du wo wir uns befinden?«

Nora drehte sich um. »Ich würde es eine Blase nennen, die innerhalb des Gallerts entstanden ist, oder gebildet wurde, es kann allerdings auch die Planetenoberfläche sein.«

»Seht ihr, Nora spricht aus was ich denke – diese Anderen haben uns hier her geholt und diese Blase bewusst gebildet!«

»Du machst Scherze, Futang«, meinte der Kommandant.

»Keineswegs!«

»Ja aber, wieso betreiben die jetzt auf einmal solchen Aufwand mit uns, erst zerstören sie unser Schiff und alles was unsere Zivilisation ausmacht und nun wollen sie uns verhätscheln?«

»Vielleicht haben sie einen Fehler begangen und sehen ihn nun ein.«

»Das könnte natürlich sein, Futang, nur gaukeln wir uns da nicht etwas vor, mit solchen Spekulationen. Dass wir hier auf einige, folgerichtigen Handlungen stoßen muss nicht unbedingt das Produkt einer hochentwickelten Intelligenz sein. Es kann sich dabei um bedingte Reflexe handeln, die uns alles andere nur vortäuschen!«

»Nein, so sollten wir nicht denken, es würde unsere ganzen Hoffnungen zernagen, denn nur wenn wir es wirklich mit einer entwickelten Gesellschaft zu tun haben, und nur dann haben wir eine Chance!«

»Chance, wofür, Futang?« fragte Jung.

»Zumindest um am Leben zu bleiben?«

»Und was wäre mit unserem jämmerlichen Leben dann gewonnen?«

»Halt mal, Jung, du würdest wohl lieber gleich sterben – als zu kämpfen?«

»Das nicht gerade, ich meine etwas anderes. Was wäre denn gewonnen? Unser Raumschiff existiert nicht mehr und damit entfällt jede Möglichkeit den Menschen zu berichten. Wir hätten es ihnen zeigen sollen, als wir noch aktionsfähig waren!«

»Du meinst, wir hätten unsere Antimateriewerfer gegen fremdes Leben einsetzen sollen. Wir hätten wirklich einfach so töten sollen, Jung? Obwohl gerade diese anderen uns geschont haben?« fragt Futang.

»Das sie uns verschonen würden, konnten wir zu der Zeit noch gar nicht wissen. Ihre Handlungen stellten eine offene Aggression gegen uns dar. Wir hätten uns verteidigen dürfen, in jedem Falle. Das Recht war auf unserer Seite – doch wir haben es versäumt und nun haben wir den Salat!«

»Ich sehe das nicht so. – Sie, diese Anderen, haben doch unser Leben mit Absicht bewahrt, oder was glaubst du? Bei ihren Mitteln wäre es ein leichtes gewesen uns zu eliminieren«, sagte Futang.

»Ist es nicht gleich ob sie uns sofort getötet hätten, oder ob sie es nun ganz langsam tun?«

»Nein, Jung, wer gibt dir denn die Veranlassung so etwas auch nur zu glauben? Es deutet doch überhaupt nichts darauf hin das sie uns in irgendeiner Form nach dem Leben trachten.«

»Kann es nicht sein das sie zwar etwas mit uns vorhaben, aber das es sich um grundsätzlich anderes handelt als wir vermuten? Wir leben, sind alle gesund und nichts aber auch gar nichts deutet auf eine unmittelbare Gefahr hin!«

»Ja aber die Zeit!«

»Die Zeit, Jung? Wer sagt dir denn das sie die Zeit hier nicht ganz anders auffassen als wir. Ihr wisst doch alle das es Lebensformen gibt die sich einem Sechzehntägigem Planetentag angepasst haben und einer ebenso langen Nacht, selbst uns Menschen gelingen solche Anpassungen in gewissen Grenzen ...«

»Nur Geduld, Jung, es wird sich bestimmt noch entwickeln!«

»Obwohl ich jedes Zeitgefühl verloren habe, sind wir doch bestimmt erst ein paar Tage hier«, bemerkte Futang

»Erg schaute ihn seltsam an, ihn durchzuckt ein Gedanke ...

»Ja, aber wisst ihr was das bedeutet, was Futang da gerade sagte?«

Die Sechs schauen ihn fragend an.

»Ist denn keiner von euch müde? Nein, ich auch nicht – wir benötigen hier überhaupt keinen Schlaf!«

»Unsinn Erg, dauernder Schlafentzug führt zum Tode!«

»Ja, unter normalen Umständen sicher, du denkst wieder viel zu sehr in unseren Begriffen, in unseren Wissensgrenzen. Hier liegt das alles vielleicht grundsätzlich anders!«

»Aber die physikalischen Gesetze gelten doch ...«, ereiferte sich Erg.

»Die haben damit nichts zu tun, Erg«, ergänzt Nora. »Was haben allein wir Menschen schon alles verändert, so manche scheinbare Grenze überschritten, warum sollten es andere Lebensformen nicht auch geschafft haben. Vielleicht haben sie gänzlich andere Prinzipien gefunden als wir?"

»Hört, hört, mein Töchterchen, Nora, geht nun auch schon von einer Intelligenz aus«, stellte der Kommandant belustigt fest.

»Habe ich eben auch erschreckt bemerkt. – Verdammter Mist!« fluchte Nora auf einmal und errötete.

»Was ist denn?« Futang kam fragend auf sie zu.

»Ich blute ...«, sagte sie verlegen.

»Wo hast du dich verletzt?« sagte Futang und rückte näher.

»Ach, nicht verletzt, ich habe meine Regel bekommen und keine Möglichkeit das einzudämmen ...«

»Oh, das ist ja böse«, sagte Futang und rückte wieder von ihr.

»Was machen wir da?«

»Nichts können wir machen, es sei denn du versuchst es wieder mal mit deinen Gedanken, vielleicht haben die Verständnis dafür und schicken mir etwas ... ich kann ja so nicht einmal mehr herumlaufen!«

Es funktionierte, aber nur als Minimallösung – ein Originalpäckchen Tampons aus der Schiffsapotheke.

»Nicht einmal Schlüpfer konnten die mir geben!« schimpfte Nora. So Männer nun lasst mich mal etwas abseits gehen, es sieht ja aus als wolltet ihr zuschauen!«

»Nein, nein, wir gehen ja schon!«

»Das nun zum Thema Frau!« sagte der Kommandant. »Da haben wir Männer es doch einfacher. Und nun kommt, lassen wir sie allein ...«

»Was soll's«, sagte Futang. »So kommen wir nicht weiter, uns fehlen wichtige Fakten. Die wir bekommen sind ja nur jene die uns die anderen zubilligen. Desinformation nennt man so etwas ...«

»Nun auch du, Futang, ein Verfechter der Intelligenztheorie!«

Futang nickte und fragte: »Maling, was meinst du zu all dem?«

»Doch, doch, ich bin auch der Meinung, das es sich hier um bewusste Handlungen handelt, nur warum lassen sich diese Anderen nicht einmal sehen, sie wissen doch nun das wir für sie keine Gefahr darstellen. Sie sollten uns Fragen stellen, uns nötigen – diese untätige Warten empfinde ich als qualvoll und grausam. Es ist ja zum verrückt werden!«

»Maling hat schon recht, doch sollten wir einmal logisch unsere Situation betrachten. Was tun die Anderen? Handeln sie nicht in jeder Hinsicht folgerichtig? So wie sie es tun erfahren sie viel über unsere Psyche, über Ausdauer und Selbstbeherrschung. Früher auf der Erde, in einigen asiatischen Ländern, bediente man sich oft und gerne dieser Taktik des Weichmachens!«

»Ja, wenn du das so betrachtest, haben wir ja ganz falsch gehandelt.«

»Falsch? In welchem Sinne? Du meinst wir hätten ihnen etwas vormachen, vorspielen sollen? Nein, ich finde unser Verhalten durchaus nicht falsch – wir haben uns wirklich ganz natürlich verhalten, so wie es viele andere Menschen in unserer Lage auch getan hätten. Schon allein deshalb sind wir durchaus ein repräsentativer Querschnitt der Menschheit. Ich will euch aber sagen was mich persönlich stört, an all dem ... Wir sind einfach nicht gewöhnt uns anderen unterzuordnen, wir sind als Menschen schon etwas zu stolz und überheblich geworden, vielleicht auch darum, weil wir bisher nur Lebensformen antrafen, die unter unserer Entwicklung standen. Nun aber hier ist es einmal ganz anders. Wir werden uns, wie mir scheint, damit abfinden müssen hier nicht mehr die Initiatoren von allem zu sein. Vielleicht erwarten die Anderen es einfach von uns, weil auch sie eine gewissen Überheblichkeit besitzen. Vielleicht meinen sie auch von sich die Schlauesten zu sein!«

146

»Bravo, Futang!« der Kommandant klatschte Beifall.

»Es ist aber eine harte Anschuldigung wie auch Selbstanschuldigung. Eines aber stimmt gewiss, so wie die Sache liegt können wir hier überhaupt nichts ausrichten, nackt und bar jeden Werkzeuges und ohne Waffen. Uns bleibt wirklich nur zu schimpfen und zu theoretisieren, sonst nichts!«

»Wenn wir doch nur wüssten wie die uns gegenüber stehen, feindlich oder freundlich?« sagte Nora im Näherkommen.

»Alles Ob, Töchterchen?« fragte ihr Vater, der Kommandant.

»Es geht so«, erwiderte sie.

Die anderen reden weiter, Nora beteiligt sich wieder ...

»Vielleicht sollten wir etwas beginnen?« meinte Nora.

Die Sechs schauten erstaunt auf ...

»Ja, wir könnten sie einfach verwirren, oder es wenigstens versuchen!«

»Verwirren, Nora? Wir haben doch keine Roboter vor uns die wir mit widersprüchlichen Programmierungen zum Absturz bringen könnten!«

Futang zögerte einen Augenblick, sagte dann aber: »Wir sollten wirklich alle Möglichkeiten die uns bleiben prüfen, es ist jedenfalls besser als nur so zu warten ... versuchen wir Nora's Vorschlag!«

Außer Nora fielen sie übereinander her, so wie sie es aus alten Filmen kannten, sie gaben sich die allergrößte Mühe damit es wirklich echt wirken sollte, Menschen hätten es durchaus glauben können, doch diese Wesen rührten sich nicht. Vielleicht hätten sie sich gar umbringen können ... abgekämpft und müde hörten sie schließlich auf.

»Umsonst, wir haben sie unterschätzt, das es keine Roboter sind wissen wir jetzt, denn die hätten wohl einschreiten müssen!«

»Gut, Futang, dann sind es Wesen die uns bestimmt schon vorher durchschaut haben, vielleicht kontrollieren sie tatsächlich unsere Gedanken?«

»Ja, dann wären sie uns weit voraus, wir können so etwas nicht, zumindest nicht auf solche Entfernung. Sicher wir kennen auch Hirnimpulsbeeinflussung, aber doch nur mit Abnehmern unmittelbar auf der Schädeldecke, sie müssten diese Technik dann über Entfernungen von Dutzenden von Metern beherrschen, denn in unserer unmittelbaren Nähe sind sie gewiss nicht!«

»Da kann was dran sein, Futang, doch noch ist es nur eine Hypothese.«

Der Kommandant winkte ab: »Dieses Gerede bringt uns nicht weiter!«

Doch hatte wohl Nora noch etwas ...

»Was ist, Nora?« plötzlich ruhten wieder alle Männerblicke auf ihr, glitten an ihren Kurven entlang ... ihr wurde heiß ...

»Ich weiß nicht ob es nur mir so geht, aber ich bekomme Hunger!« sagte sie schnell um diese Blicke von ihr weg zu lenken ...

»Ist eigentlich logisch, jetzt wo wir schon so lange von dem Gallert getrennt sind, die Natur fordert eben ihr Recht. Wir können nun nicht mehr auf diese mysteriöse Weise ernährt werden«, sagt Erg. »Außerdem, ist denn niemandem aufgefallen, dass keiner von uns eine Notdurft hatte?«

»Ja, du hast recht, dann lag das wirklich an dieser Gallert, sie versorgte und entsorgte uns, allerdings habe ich davon nichts bemerkt!«

»Nicht nur du, wir alle nicht – es muss über den Hautkontakt erfolgt sein ...«

Es geschah fast augenblicklich. Hinten durchdrang etwas die Blase und näherte sich ihnen. Erstaunt schauten sie und erkannten ... es war einer jener automatischen Servierwagen aus ihrem Schiff. Es handelte sich ohne Zweifel um ein Original. Futang erkannte ihn sofort wieder, denn er hatte einmal auf diesem Wagen völlig zweckentfremdet mit einer Eisensäge gearbeitete und war abgerutscht, dabei hinterließ er eine tiefe Kerbe und genau diese Kerbe ließ ihn nun ganz sicher sein!

Der Kommandant hatte dazu auch gleich einen Gedanken: »Entweder existiert unser Schiff noch, oder aber sie wollen es uns glauben machen!«

Das anschließende Essen überzeugte sie noch weiter von dessen Existenz, denn das das diese Fremden einen bestimmten menschlichen Geschmack so nachzuahmen wussten, hielten sie für gänzlich ausgeschlossen.

Später, nach ihrer Mahlzeit, wurde ein neues Problem akut, die normalen menschlichen Bedürfnisse kamen in Gang.

Für die imaginären Fremden aber war auch dass zu bewältigen, sie dehnten die Blase einfach weiter aus und als sie sich zurückzog, gab sie all die sanitären Einrichtungen ihres Schiffes, einschließlich der Duschen und warmen Wasser frei. Wie das geschah war überaus seltsam. – Diese Schiffseinrichtungen standen auf dem nackten Boden, ohne erkennbare Anschlüsse und sie funktionierten trotzdem ... Später entstanden Kleidung, Betten, Einrichtungsgegenstände ... auf die selbe Weise. Zufrieden konnten die Sechs erst einmal sein, aber befriedigte sie auch dieser Zustand bei weitem noch nicht. Sicher, sie hatten jetzt die Möglichkeit vernünftig zu essen, zu baden, zu schlafen, aber das allein füllt Menschen noch nicht aus – doch sollte es bald schon neue Überraschungen geben ...

Sie hatten in aller Ruhe gefrühstückt, so wie schon viele Male vorher. Nichts drängte sie, nichts brauchte getan zu werden, etwas gelangweilt schaute ein jeder vor sich hin und wartete, ja worauf eigentlich?

Ein Sausen und Zischen um sie herum riss sie aus ihrer Lethargie. Die Blase, oder besser deren Rand begann langsam gegen sie vorzurücken und verschlang all das was sie ihnen vorher gegeben hatten ...

Die Sechs schauten zu, doch diesmal ohne Angst. Sie wussten das es zumindest für sie ungefährlich war. Zu weiteren Gedanken hatten sie ohnehin keine Zeit mehr, die Geschehnisse forderten ihre volle Aufmerksamkeit. Bis auch sie schließlich die Gallert erreichte und umschloss ...

Selbst ihre Körperkleidung wurde wieder aufgelöst. Innerhalb kürzester Zeit waren sie wieder nackt und bar und wurden nur noch von der Strömung bewegt. Ihr Bewusstsein behielten sie und erlebten so sehr direkt, wie ihnen schließlich das atmen unmöglich wurde.

Die heftiger werdende Strömung erfasste sie nun voll. Doch waren sie diesmal ja vorbereitet. Sie hielten sich fest bei den Händen und ahnten wohl wieder mehr als das sie es wussten, das es einem bestimmten Ziel entgegen ging. Anstelle der Angst, machte sich ein neues Gefühl breit, die Neugier ...

Stunden vergingen, noch immer trieben sie im Gallert. Als die Strömung endlich nachließ fühlten sie bald schon Boden unter ihren Füßen. Sie liefen ein paar Schritte und betraten eine Blase deren Dimensionen gewaltig erschienen, für sie nicht mehr überschaubar ...

Vor ihnen erhob sich eine Bergkette unter grautrüben Himmel. Unter ihren Füßen wuchs weiches, grünes Gras.

Nora bückte sich, betastete die Halme ... von den Männern nicht aus den Augen gelassen – jeder versuchte einen ihrer weiblichen Reiz zu erhaschen ...

Es war ihr schon kaum noch peinlich, es belustigte sie eher.

»Seltsam hier dieses Gras, wie auf der Erde. Überhaupt kommt mir die Landschaft irgendwie bekannt vor. Haltet mich nicht für übergeschnappt, aber ich weiß nun genau, wo wir entlang müssen. Fragt nur nicht, ich kann es nicht erklären!«

»Nora, die Nackte als Hellseherin«, witzelte Futang.

»Mach dich nur lustig über mich, na du wirst ja sehen, ihr alle werde sehen, bitte kommt nun, ich weiß den Weg tatsächlich!«

Sie ging vor. Nackt trotteten sie hinter ihr her, ein lustiger, aber auch erotischer Anblick, ihre hübschen wackelnden Pobacken voraus und die Männer so versetzt hinterher, das sie Nora beim laufen betrachten konnten und doch entbehrte diese Situation nicht einer gewissen Groteske.

Fragen warfen sich in ihren Gedanken auf ... waren sie alle nur Versuchskaninchen für eine Hyperintelligenz, oder nur ausgeliefert an ein paar Wahnsinnige oder Spielzeuge für ein paar wilde Kinder einer fremden Rasse? Oder wollte man sie nur verwirren?

Nora schritt der Felsgruppe entgegen ...

»Kommt, wir werden an eine schmale Schlucht gelangen, die wir nur einzeln passieren können. Es sind ein paar Kilometer, dann wird sich vor uns ein weites Tal ausbreiten, mit einem kleinen Fluss ...«

»Aber Nora, wie willst du denn das wissen?« Futang kam näher an sie, wie zufällig strich seine Hand über die Rundung ihres Hinterteiles und verweilte einen Augenblick. Sie schaute überrascht zu ihm auf. ›War das ein Annäherungsversuch?‹

Wie sollte sie reagieren? Niemand sonst hatte es bemerkt und Futang gefiel ihr ... Nora überging seine Berührung.

Ihre nächsten Worte sprach sie mit einem vieldeutigem Lächeln.

»Frag nicht, Futang, ich kann dazu nichts sagen, ich weiß es eben!«

»Und, was sagst du zu der anderen Sache?«

»Nicht abgeneigt!« erwiderte Nora spontan. Vielsagend, lächelnd schaute sie ihm in die Augen.

›Sie mochte ihn und hatte bestätigt ...‹, Futang freute sich.

Wortlos marschierten sie im Eiltempo und erreichten nach drei Stunden eine Schlucht, die sie nur einzeln durchqueren konnten. Später dann lag genau das beschriebene Tal vor ihnen. Doch was war das? Nora erkannte sofort das da etwas anders war, als sie es aus ihrer Erinnerung kannte. Sie zeigte in die Ferne zum Fluss, da war etwas zu sehen, dass aussah, wie ...

Ja es stimmte, dort lag ein großes Bruchstück ihres Schiffes in einer ganz normalen, irdischen Landschaft, inmitten dieser sattgrünen Wiese am Fluss. Ein Idyll, wie von einem Künstler auf Leinwand gemalt ...

Nora brauchte nicht mehr zu führen, ganz im Gegenteil, sie fiel immer mehr zurück. Vier Männer hatten es mit einem Mal furchtbar eilig, ja sie fielen in einen Dauerlauf, sogar Erg lief mit. Nora schaffte es einfach nicht, oder wollte sie nur nicht ...? Auch Futang war zurückgeblieben und ging nun zu ihr. Ohne Umschweife umarmte er sie, zog sie an sich und küsste sie, aus vollem Herzen entgegnete sie seine Berührungen. Wie lange schon hatte sie sich nach solcher Umarmung gesehnt ... schon auf dem Schiff hatte sie ›ein Auge‹ auf ihn geworfen. Jetzt gab es keine unnötigen Fragen, der Augenblick schien der einzig mögliche und die Gefühle füreinander explodierten. Nackt wie sie waren rollten sie über das Gras – nichts war mehr wichtig, es regierte die pure Lust und ein tiefes Liebesgefühl ...

Als sie sich abreagiert hatten, ihr Atem ruhiger wurde, erhoben sie sich. Sie sahen in der Ferne wie die Männer das Wrack untersuchten und ihnen schließlich winkten.

»Es war kurz aber schön«, sagte Nora und küsste ihn.

»Was sagen wir den anderen?« fragte Futang etwas unsicher.

»Nichts, sie werden es auch so merken!«

»Aber ...?«

»Futang, nein! Bitte keine Besitzansprüche, ich will jetzt und hier keinen Ärger und keine Eifersucht, es wäre das Letzte was wir hier gebrauchen könnten!«

»Ich verstehe!«

»Das glaube ich nicht! Ich liebe dich nämlich auch! – Komm, ein letzter Kuss! Als sie seine neuerliche Erregung fühlte, brach sie ab ...

»Wir müssen nun zu den anderen!« sagte sie ermahnend.

Als sie näher kamen, standen sie und diskutierten aufgeregt, das da etwas nicht stimmen konnte hörte sie schon von weitem aus den lauten, aufgeregten Gesprächen. Von ihrer kleines Eskapade aber hatte niemand etwas bemerkt ...

Der Grund der Aufregung war ein anderer – das dort auf der Wiese war kein Bruchstück ihres Schiffes, es war auch nicht zerlegt oder demontiert worden, es befand sich im Rohbau. Es sah aus als läge es auf einer Montagewerft auf der Erde, denn dort wo später die Plasmanähte alles verbinden würden, war noch niemals geschweißt worden. Da lagen also zwei Segmente, bestehend aus Wohn– und Kommandotrakt. Es fehlten lediglich die Werkstatträume, der Teil mit den Antrieben, sowie Generatoren und der Reaktor.

Als sie noch staunend und diskutierend standen, öffnete sich die Luke des Einstieges und von drinnen drang gleißende Helligkeit ...

Futang fragte verwundert: »Ohne Reaktor, wie machen die das?«

Nora, die etwas abseits stand rief herüber: »Aber dafür Kabel die im Boden verschwinden!«

Vorsichtig näherte sich Futang der Rampe. Langsam folgten die anderen und betraten nacheinander die Sektion. Alles wirkte original, sogar die Klimaanlage arbeitete. Sanitäranlagen und die Küche war vorhanden, ebenfalls auch ihre Geräte zur Freizeitgestaltung. Doch wie zu erwarten fehlten auch diesmal Waffen und Werkzeuge jeder Art, natürlich auch Dinge die als solche zu verwenden wären ...

Futang hatte einen Gedanken: ›Strom als Waffe? Immerhin eine Möglichkeit! Oder hatten die Fremden auch daran gedacht? Er würde später darauf zurück kommen ...‹

Aus all dem aber konnte eine wesentliche Konsequenz abgeleitet werden; diese Anderen waren dem nach nicht nur mäßig intelligent, nein sie konnten auch Raumschiffe bauen wie ihres, vielleicht aber auch noch wesentlich bessere. Zu perfekt war ihnen diese funktionierende Replik gelungen ... und darum musste es sich unbedingt handeln, dazu aber gehörten schon ganz erhebliche Produktivkräfte und das nötige Wissen.

»Ob sie so aussehen wie wir?« fragte Nora ganz übergangslos in die Runde. Erstaunt blickten die Männer auf, so direkt hatte es noch keiner von Ihnen formuliert und doch war diese Frage nun sicher berechtigt.

»Du meinst wirklich eine humanuide Spezies?« Nora sah ihn irritiert an. »Ich denke nein, Tu Fang, Humanuide würden sich ähnlich wie wir verhalten, sich zumindest gleichartigen Wesen zu erkennen geben!«

»Du meinst sie zeigen sich uns nicht, um uns nicht zu erschrecken?«

»Das meine ich nicht, Futang, aber auch das wäre denkbar. Vielleicht sind es überdimensionale Wanzen oder Flöhe, oder gar noch etwas groteskeres?«

»Alles ist möglich, Nora, doch vielleicht bilden wir uns als Menschen nur wieder einmal viel zuviel ein. Was wäre, wenn wir ihnen fürchterlich hässlich vorkämen? Vielleicht sind diese Wesen so perfekt und schön, das wir alle vor Neid erblassen ...?«

»Wir können alle, jeder auf seine Weise recht haben, nur finde ich es doch wirklich sehr merkwürdig, das sie sich so gar nicht zeigen. Ich gehe sogar so weit sie als hinterhältig zu bezeichnen. Sie beobachten uns wahrscheinlich ständig und verstehen was wir sagen. Bestimmt haben sie überall Kameras und Abhöranlagen. Auch müssen sich ihre Moralvorstellungen von den unsrigen unterscheiden, denn wir Menschen würden doch heute mit keinem mehr derartiges tun. – Sie halten uns ja wie Gefangene! – Gewiss ist unsere Lage schon weitaus angenehmer geworden, trotz allem aber sind wir ihnen noch immer hilflos ausgeliefert.« Als der Kommandant zu Ende geredet hatte, ließ er sich auf einem der weichen Konturensessel fallen ...

»Merkwürdig finde ich das unter solch hochentwickelten Wesen hier keine Kommunikation stattfinden soll – weder Bild noch Tonübertragungen. Wie die miteinander wohl in Kontakt treten?« ergänzte er noch.

Maling kam von irgendwoher, perfekt gekleidet. Nora sprang auf und fragte nur: »Wo?«

»Dort wo immer unsere Sachen aufbewahrt wurden.« Sie rannte aus dem Raum um dann später hübsch angezogen vor den Männern zu stehen.

»Seit nett Männer, geht euch auch etwas anziehen, ich finde das zivilisierter!«

Träge und gespielt murrend erhoben sie sich.
Nora musste schmunzeln, als sie später die Männer anschaute.

»Nun seht ihr wenigstens wieder wie Menschen aus und nicht wie Wilde!«

»Wie gut eine Frau dabei zu haben«, bemerkte Futang. Sie schaute ihn lächelnd und fragend an.

»Soll kein Witz sein, Nora, wir würden hier einfach alle verlottern, ohne dich!«

Sie drohte ihm scherzhaft mit dem Finger, er aber setzte eine ganz harmlose Mine auf.

»Ich stelle fest«, konstatierte der Kommandant, »das es uns allen schon wesentlich besser geht. Es gibt wieder Scherze in unserer Runde, fast wie früher!«

»Ist es dir nicht recht, Kommandant?«

»Doch, doch, aber wenn ich über alles nachdenke, muss ich feststellen, dass wir in den anderen Fragen kaum weiter gekommen sind, wir haben uns höchstens mehr oder weniger an unsere Situation gewöhnt, was ich aber wiederum gar nicht so gut finde. Ein solcher Status quo droht uns einzuschläfern. Wir sollten gerade jetzt auf alles sehr sorgfältig achten, einen guten Eindruck machen und warten!«

»Du hast recht, Kommandant«, meinte Futang. »Doch haben wir nun eine Alternative – jedoch nicht ohne Konsequenzen für uns alle.«

Der Kommandant sah Futang aufmerksam an: »Nun gut, irgend etwas zu tun ist besser als dieses Warten, heraus damit!«

Maling stand auf, legte seinen Finger auf den Mund, ging zu einem leeren Sessel, drehte ihn um und nahm ihn auseinander, bog die Stahlfedern mit Gewalt heraus, brachte sie zu einer bestimmten Form, riss die Bespannung in schmale Streifen und umwickelte die so entstandene Gabel damit, es entstand ein isolierter Griff ...

Sie ahnten was er vorhatte und versuchten möglichst nicht daran zu denken. Sie gingen zum Schaltraum. Er bedeutete ihnen jetzt keine Fragen zu stellen und öffnete den Verteilerkasten, dann nahm er diese angefertigte Gabel und trat an den Schrank. Die Fünf zogen sich zurück in Sicherheit. Er schloss seine Augen und presste die Gabel mit zur Seite geneigten Kopf zwischen Hauptschiene und Gehäuse. Ein greller Blitz hüllte alles ein, es roch nach verbranntem Kunststoff und geschmolzenem Metall. Im selben Augenblick wurde es dunkel, doch nur für Augenblicke, die Notbeleuchtung verbreitete Dämmerung ...

»Na also«, meinte Jung. »Unser erster Erfolg?«

»Ein sehr zweifelhafter Erfolg etwas zu zerstören!« erinnerte Futang

»Unter diesen Umständen aber ist es durchaus richtig«, bekräftigte der Kommandant. »Wir wissen nun endlich das auch diese Fremden verwundbar sind und nicht vielleicht allmächtig wie wir anfangs dachten!«

Noch als sie so standen wälzten sich dichte Rauchschwaden aus dem Kabelschacht, offenbar begann ein Schwelbrand innerhalb der Leitungen ...

Der Rauch wurde beißend ... »Nun aber schnell«, sie beeilten sich zum Ausgang und verließen fluchtartig die Abteilung. Hustend und keuchend traten sie ins Freie ...

Kaum hatten sie die Rampe verlassen, als eine Gegenreaktion begann. Die sie umgebende Blase verkleinerte sich zusehends, der Gallert erreichte das Schiffsfragment und stülpte sich darüber. Erst kurz vor den Menschen machte sie halt und zog sich langsam zurück, schließlich wurde das Schiffssegment wieder freigegeben ...

Zögernd betraten sie die Rampe. Das Eingangsschott öffnete sich wie selbstverständlich und aus dem Inneren fiel helles Licht. Ihr erster Weg führte sie zum Schaltraum, dorthin wo eben noch der Kurzschluss schmorte. Doch da war nichts, was von der allgemeinen Ordnung abwich, es war gerade so, als hätte es dort niemals einen Kurzschluss gegeben ...

Futang schaute sich fragend um: »Versteht ihr das?«

Betroffen schüttelten sich Köpfe, selbst der Kommandant zuckte nur ratlos seine Schultern. Nora aber lächelte geheimnisvoll ...

»Kommt mal mit Männer, ich habe da einen Gedanken«, sie stakste voraus zur Zentrale, drehte einen Sessel um und ...

Jung griff zu: »Teufel! Was ist das, kein Metall mehr, aber ein scheinbar gleichwertiger Kunststoff, auch bei den anderen Sesseln.«

Futang rief von weit hinten aus dem Raum: »Es gibt hier anscheinend überhaupt kein Metall mehr, überall nur unbekannte Kunststoffe. Sie müssen hier alles neu konstruiert haben ...«

»Was denn Futang, in den paar Minuten?«

»Es kann schon länger vorbereitete gewesen sein!«

»Das Glaube ich nicht, sie konnten doch vorher unmöglich wissen was wir zu tun gedachten!«

»Vielleicht aber doch, denn viele Möglichkeiten hatten wir nicht.«

Erg meinte: »Jetzt wird es immer mysteriöser. Prüfen sie uns oder spielen sie?«

»Wir sind also auch damit nicht weiter gekommen, wir nutzen immer wieder nur ihnen, sie lernen uns immer besser kennen.«

»Trotzdem wissen wir auch etwas mehr, das sie nämlich sehr differenziert reagieren können, wir wissen aber noch immer nicht ob sie für oder gegen uns sind!«

»Vielleicht ist beides richtig«, meinte Futang. »Eine Gruppe ist für uns, die andere gegen uns!«

»Ja, auch das wäre möglich, nur hoffentlich kommen wir dann nicht zwischen die Fronten!«

»Du meinst unterschiedliche Gesellschaftsformen, Futang, so wie früher auf der Erde – aber auf einem so hohen Niveau?«

»Was aber spricht dagegen?«

»Ich weiß nicht recht ... aber tröstet euch, mir geht es auf meinem Gebiet auch nicht viel anders, ich bin zwar Astrobiologin, aber ohne meine Werkzeuge bin ich ziemlich unfähig. Ich kann ja nicht einmal eine einfach Analyse durchführen. Von meiner Erfahrung her möchte ich aber behaupten, das dieser Boden und das Gras auch auf der Erde vorkommen, ich muss aber auch sagen, dass ich aus dieser Sicht meine Zweifel habe. Dem Anschein nach ist die hiesige Flora völlig mit der Erde identisch, andererseits weiß ich aber, das es so etwas gleiches auf zwei Lichtjahre voneinander entfernten Planeten nicht geben kann. Überall wo ich war traf ich schon auf augenscheinliche Unterschiede. Die jeweiligen Pflanzen mussten sich immer den Gegebenheiten anpassen, aber hier?«

Erg schüttelte seinen Kopf

»Etwas ist doch anders, ist es dir nicht aufgefallen? Das es hier keine Tiere, nicht einmal Insekten gibt, obwohl gerade diese Gattung so zahlreich ist, das sie praktisch überall vertreten ist.«

»Ja, Erg, du hast recht, jetzt wo du es sagst wird es mir erst bewusst, viele der hiesigen Pflanzen sind ohne die Insekten gar nicht fortpflanzungsfähig. Das was wir hier sehen ist irrational! Warum lassen sich diese geheimnisvollen Schleimis auch nicht mal sehen?«

Allgemeines lachen, Nora hatte einen passenden Namen gefunden für die hiesige Intelligenz und er gefiel uns.

»Wir taufen euch unbekannte Wesen auf den Namen ≻Schleimis≺. Ihr werdet sicher nicht davon begeistert sein, aber wir haben es eben so festgelegt!«

Wie eine Antwort auf die Namensgebung erfasste ein plötzliches Zittern und Schaukeln, die Schiffssektion. Erschrocken schauten sich die Sechs Menschen an, verharren einen Augenblick ...

»Bloß raus hier«, rief Futang. Sie flüchteten ...

Draußen jedoch entdeckten sie die Ursache, ein Gallertarm schaukelte wie mit einer Hand ihr Segment. Als er die Menschen bemerkte, zog er sich sofort zurück ...

Kurz darauf kam der Gallert erneut und stülpte sich über den Schiffskörper. Diesmal dauerte es fast eine Stunde bis es die Gallert wieder frei gab. Was die Menschen zu sehen bekamen versetzte sie wieder einmal in Erstaunen. Was eben noch als Fragment dastand, hatte sich nun zum kompletten Raumschiff gemausert.

Die Sechs betraten es wie ein Heiligtum, sie wagten kaum etwas zu berühren, eines aber bemerkten sie sofort, das Schiff war frei von jedem Metall. Eine grandiose Leistung, wenn man bedachte das die Menschen schon immer Metalle gegen Austauschstoffe zu ersetzen trachteten, aber es ihnen dennoch nie gelang jedes Metall zu verbannen. Diese ≻Schleimis≺ aber beherrschten die dazu nötigen Technologien ohne Schwierigkeiten. Das auch diesmal Werkzeuge aller Art vorhanden waren ließ sie noch mehr staunen, vor allem weil auch dabei kein Metall mehr verwendet wurde. Selbst der Schiffsreaktor wurde komplett überarbeitete. Kein Metall, ausgenommen das spaltbare Plutonium im inneren.

Der Kommandant versuchte sich in der Zentrale, doch nein, starten ließ sich das Schiff nicht. Die Anzeigen für die Triebwerke standen auf unbrauchbar!

Nora besuchte ihren Vater, den Kommandanten, gefolgt von Futang. Ein Zufall?

»Da sind ja unsere Turteltauben«, sagte er und griff Noras Hand. »War es schön Töchterchen? – Bestimmt, ich sehe es in deinen Augen. – War wohl auch mal nötig?«

Nora errötete. Hatte ihr Vater es doch bemerkt... ≻Nur musste er nun so direkt sein?≺ Futang wandte sich ab ...

»Hallo, junger Mann, nicht so eilig, ich habe nichts gegen eure Beziehung, nur muss ich euch Beiden eines ans Herz legen, ich möchte hier keine Eifersuchtsszenen haben! Ich weiß wovon ich rede. Ich habe es früher einmal erlebt, das Fünf Männer wegen einer Frau durchzudrehen drohten ... Also, was ich sagen will, klare Verhältnisse, eindeutige Verhaltensweisen! Schlaft zusammen in der Nacht, am Tage vermeidet jede sichtbare Liebesbezeugung!

»Versteht ihr? Es geht wirklich nicht anders. – Die Alternative wäre Nora schläft mit allen abwechselnd!«

»Vater! Das geht nun aber wirklich zu weit, ich bin kein Kind!«

»Nein, das bist du nicht, eben drum! Bedenke, ich trage die Verantwortung für die Männer! – Und nun geht!«

Er wollte sich gerade erheben, als der Computer sich meldete: »Menschen, ich muss mit euch reden, es geht im Augenblick nur über diesen Umweg ... Ihr seit die ersten Intelligenzler die mir keinen Schaden zugefügt haben, obwohl ihr recht ergiebige Waffen an Bord hattet. Warum habt ihr sie nicht gegen mich eingesetzt, wie all die anderen? Genutzt hätten sie euch zwar wenig, aber dennoch hättet ihr mir schaden können ...«

»Es ist einfach nicht unsere Art Waffen einzusetzen, gegen jene die uns nicht mit Waffen entgegentreten!«

»Eine lobenswerte Einstellung, denkt ihr Menschen alle so?«

Der Kommandant stockte einen Augenblick, dann aber sagte er sehr bestimmt: »Die Mehrzahl der Menschen handelt so, nicht alle!«

»Das wollte ich auch meinen, ihr seit wenigstens ehrlich, ich hätte sonst eure Worte bezweifelt. Ich weiß das Leben niemals so vollkommen sein kann. Leben ohne Fehler, das würde die Gleichheit aller Individuen bedeuten. Leben muss Fehler haben, sonst wäre jede Weiterentwicklung, jede Evolution unmöglich. Fehler bedingen Mutationen – Mutanten aber sind der Grundstein für Neues, Besseres. Doch wozu sage ich euch das, ihr wisst es selbst viel besser!«

Die Sechs hörten gespannt und interessiert seine weiteren Ausführungen. Futang trat zum Kommandanten, und fragte: »Darf ich?« Erg nickte ihm zu.

Futang trat dichter ans Mikrofon.

»Du, der zu uns sprichst, wer bist du?«

»ICH bin nur ICH!«

»Bist DU etwas besonderes?«

»Etwas besonderes, wie soll ich das verstehen?«

»Du bist EINER, wo sind die anderen deiner Rasse?«

»Andere, so etwas gibt es hier nicht, ICH bin allein, nur ihr Menschen seit mehrere hier.«

»Das ist richtig, wir verstehen. Nur warum zeigst DU DICH uns nicht, hast du Angst, weil du allein bist?«

»Angst, wovor? Vor euch? – Nein, dazu seid ihr zu winzig.«

»Bist du denn so groß?«

»Groß? Ha, ha, ha – ICH bin millionenmal größer als ihr, ICH bin überall, um euch, neben euch, unter euch ...«

»Du meinst also du bist ...«

»Denke diesen Gedanken ruhig zu Ende, du winziger Mensch! ICH bin einfach alles, trübe, milchig, schleimig – es ist euch unangenehm, ICH weiß, aber ICH sehe euch von Anbeginn und ich kenne eure Gedanken. ICH habe die Wiese, die Felsen und das Tal entstehen lassen, genau nach den Gedanken von dem Menschen den ihr Nora nennt. ICH hatte in ihren Erinnerungen geforscht und die Landschaft ihrer Kindheit erzeugt.«

»Das ist ja unglaublich! Warst DU schon immer so?«

»Eine schwierige Frage, ICH muss sie mit ›nein‹ beantworten. ICH bestand einmal aus sehr vielen Einheiten, im physikalischen Sinne, ihr versteht? – Verstandesmäßig bildeten wir seit Urzeiten eine Einheit, bis wir UNS dann vor tausenden von Jahren auch körperlich vereinigten. Nun aber behindert es MEINE weitere Entwicklung. WIR hätten damals diesen letzten Schritt nicht tun dürfen ...«

»Warum stört es DICH nun?«

»Warum? – ICH kann nicht mehr selber in den Weltraum, ICH muss warten bis solche Wesen wie ihr kommt, um sie zu befragen ...«

»So wie uns zu benutzen?«

»Ja«, kam seine zögernde Antwort, so als wäre ER unsicher geworden.

»Habe ICH denn eine andere Wahl der Erkenntnis? Wollt ihr Menschen nicht auch immer alles hinterfragen, der Natur die letzten Geheimnisse entreißen?«

»Das schon, aber ohne anderen zu schaden!«

»Auch ICH schade doch niemanden!«

»Das mag DIR vielleicht so erscheinen, doch kann man auch moralisch und psychologischen Schaden anrichten!«

»Ist solcher Schaden messbar?«

»Messbar ist er sicher nicht, aber er wirkt in den Lebewesen weiter ...«

»Erklärt es mir!«

»Wir sind mit dieser Materie nicht genügend vertraut, auf der Erde haben wir dafür Spezialisten, die dir das sicher verständlich machen können, wir jedenfalls würden nicht wie DU handeln!«

»Das will ICH auch hoffen, denn euch stehen ganz andere Wege offen!«

»Warum willst DU denn für DICH andere Rechte in Anspruch nehmen? Damit verstießest DU bei uns gegen alle Grundsätze. Unter Menschen gilt gleiches Recht für alle.«

»Hört sich gut an, ist aber in einem weiteren Sinne unmöglich! Jedenfalls könnt ihr nicht für ganz unterschiedliche Wesen im Kosmos eure Gesetze anwenden. Wie wollt ihr Insekten oder anderen staatbildenden Kreaturen gleiche Rechte wie MIR einräumen? Bei Insekten sind die einzelnen Individuen kaum von Bedeutung und kaum maßgebend. Bei MIR aber, als Einzelwesen das ICH gleichzeitig Art, Gattung und Individuum bin, ist mein Überleben doch von ganz anderer Tragweite. Mein Tod würde den Tod der gesamten Spezies bedeutet! – Wie kann also, so frage ICH euch, eine winzige Ameise und ICH der Planetengroße, die gleichen Rechte bekommen?«

Die Menschen schwiegen. Wie sollten sie auch spontan darauf eine Antwort wissen?

ER sprach weiter ...

»Ein Beispiel, ihr Menschen. In euer Sonnensystem, dringen Fremde Schiffe ein, bestückt mit gefährlichen Waffen, wäre euch das gleichgültig? Würdet ihr keine Schutzmaßnahmen einleiten? Würdet ihr nicht versuchen die anderen zu identifizieren, notfalls auch gegen ihren Willen? Oder ließet ihr sie einfach auf der Erde landen, ohne euer Einverständnis und gar Erkundungen durchführen? Würdet ihr nichts unternehmen sie zu hindern?

Genau das aber habe ICH mit euch gemacht. ICH tat es mit meinen Mitteln, die euer Leben um jeden Preis geschont haben. Ihr Menschen solltet das Materielle bei euren Gedanken einmal ganz beiseite lassen, denn es ist ohne jede Bedeutung. Nur das Leben ist wichtig, alles andere kann man ersetzen!«

Betroffen schauten sich die Sechs an. Nicht etwa weil ER ihnen da etwas Neues erzählte, nein, weil sie im Grunde genau so dachten. ER hatte es ihnen nur wieder in Erinnerung gerufen ...

Futang, ihr Fachmann für Außerirdische übernahm das weitere Gespräch!

»Wenn DU das bist, was DU gesagt hast, können wir DIR helfen DEINE Probleme zu lösen ...!«

»MEINE Probleme lösen ... alle? – Gewiss theoretisch wäre das denkbar, doch vertraue ich euch nicht. Zu oft hat man mich schon betrogen um selbst wieder frei zu sein ...«

»Wundert DICH das, hast du noch nie überlegt das es vielleicht an DIR selber liegt, an DEINER Moral die DU versuchst anderen aufzuzwingen. Doch so geht es nicht. Alle haben Rechte auf ihre Freiheit, die DU versuchst einzuschränken. Für viele Spezies ist Freiheit das höchste Gut dem sie alles andere unterordnen würden, sogar ihr Leben!«

»Aber ICH tue doch keinem etwas zu leide!«

»Das ist schon richtig, aber dennoch nötigst DU andere, das lässt sich keine entwickelte Intelligenz bieten ... Alles was DU brauchst kannst DU durch ehrlichen Handel oder noch besser, durch Freundschaft erreichen!«

»Ehrlichen Handel, das mache ich doch, die Freiheit gegen das Wissen«.

»Ja, aber doch so geht das nicht, Freiheit die DU ihnen zuvor genommen hast, widerrechtlich! – DU forderst ja ihren Freikauf, das ist Piraterie, ein Verbrechen, das hart bestraft wird!«

»Wollt ihr MICH nun nach euren Gesetzen bestrafen?«

»Nein, das können und wollen wir nicht, DU gehörst ja nicht zu unserer Gattung!«

»Wer aber sollte MICH dann richten?«

Die Menschen schwiegen, was sollten sie IHM entgegnen?

ER sprach weiter ...

»ICH verstehe euch schon ihr Menschen, doch ihr nanntet da ein anderes Wort – Freundschaft! Ist das auch eine Form der Strafe?«

»Nein, das ist ganz etwas anderes ... es ist eine freiwillige Beziehung, zwischen Wesen die auf ähnlichen Gedanken, Idealen, Zielen, Gefühlen und Lebensauffassungen beruhen! Einer hilft dem anderen ohne Eigennutz und ohne es dem anderen aufzurechnen. Eine Freundschaft sollte auch wohlgemeinte Kritik vertragen können, sie basiert auf gegenseitigem Vertrauen, auf Ehrlichkeit, auf geben und nehmen und vor allem auf Hilfe in der Not. Eine Freundschaft ist einfach gesagt etwas schönes, nützliches, gutes.«

»Was ihr gesagt habt hört sich vernünftig an. Gilt es nur für euch Menschen?«

»Nein, auch wir könnten Freunde werden!«

Es trat eine Pause ein. ER sagte nichts mehr.

»Hallo, was ist, bist DU noch da?«

»Wartet Menschen, ICH muss überlegen, nachdenken ...«

Das Funkgerät schwieg, nur das gleichmäßige Rauschen kündete von seiner Bereitschaft ... erst nach vielen Stunden meldete ER sich wieder.

»Menschen, ICH mache euch einen Vorschlag. Einer von euch, der mit diesen zwei Körpern, Nora, soll zurück zur Erde ...«

»Was Nora? Zwei Körper, was soll das bedeuten, sie hat auch nur einen Körper ... das geht nicht, es sind mindestens drei Menschen erforderlich um das Schiff... Moment Mal – zwei Körper?« Futang ahnte was dieses Wesen da meinte. ≻Nora ist schwanger! Von ihm, er wird Vater ... unter solchen Bedingungen?≺

»Meinst DU damit das Nora neues Leben in sich trägt?«

»Ja neues Leben, dass etwas mit dir zu tun hat, das ist richtig!«

Nora errötete heftig – sie hatte es geahnt, aber war sich nicht sicher ...

Maling pfiff vor Überraschung durch die Zähne ...

»Wann ist denn das passiert mit unserer Nora?«

»Beruhigt euch Leute, Futang und ich, wir sind schon lange zusammen. Wir lieben uns!«

»Doch nun weiter«, sagte ER ...

»Dieser Nora-Mensch soll wichtiges besorgen, von der Erde. Wenn er zurückkommt, seit ihr alle frei. Was also sagt ihr dazu?«

Nora trat vor. »Ich werde fliegen und alles besorgen was du brauchst. Wann kann ich starten?«

»Halt!« Futang trat zu Nora. »So geht das nicht! Wer garantiert uns?«

»Keine Garantie!« sagte ER. »Du hast gesagt Freundschaft heißt Vertrauen. Vertraut mir!«

Als Nora später von der Rampe ging erwartete sie ein Gallertarm und stülpte sich über sie ... Hilflos und überfordert standen die Männer. Hatte ER sie nun übervorteilt, oder war ER ehrlich?

Vom großen Monitor klang ein Signal. Nora's Gesicht füllte den Schirm, sie saß am Kommandopult eines völlig gleichartigen Schiffes und winkte ... das Bild zitterte einen Moment, dann sahen sie das Schiff starten. Es erhob sich, durchbrach die trübe Dämmerung und schwang sich in den klaren Weltraum, in Richtung ihrer fernen Sonne und der Gemeinschaft der Menschen ...

Nora warf sich auf ihrem Lager hin und her, sie war noch immer nicht ansprechbar und redete nur wirres Zeug.

Dr. Mung sah die noch junge Frau besorgt an. Zu seinem Assistenten sagte er: »Es ist mir einfach unverständlich, im pathologischen Sinne ist sie gesund, ihr Hirn ist ohne Schaden. Trotz aller unserer Bemühungen erlangt sie nicht ihr Bewusstsein zurück. Offenbar ein besonderer Grenzfall. Wir können nur abwarten und hoffen, dass sie irgendwann aus ihrem Koma erwacht.«

»Was könnte nur die Ursache sein?«

»Ich vermag es wirklich nicht zu sagen. Nur eines ist klar, der Schock gelangte über ihre Sehnerven ins Gehirn, wir konnten ihn zurück verfolgen, von dort breitete sich ein totaler Bewusstseinsblock über die gesamte Hirnhemisphäre aus, das heißt mit anderen Worten, sie muss, nachdem sie gestartet war, etwas entsetzliches gesehen haben ...«

»Wie aber konnte sie dann noch das Raumschiff führen?«

»Die Kybernetiker sagten, das sie es nicht brauchte, es aber auch gar nicht gekonnt hätte. Dieser Schiffstyp muss von drei Leuten geflogen werden. Irgend wer muss die Steuerung verändert haben, das aber wird noch genauer untersucht.«

»Und was ist mit den anderen Besatzungsmitgliedern geschehen, Doktor?«

»Auch das wissen wir noch nicht, außer dass vielleicht Nora ein paar Worte vor sich hin sprach ... Sie wiederholte immer vier Worte: »Futang – Eisen, Mangan, Aluminium – wobei Futang der Name eines der Besatzungsmitglieder der Altair war – vielleicht der Vater ihres werdenden Kindes?«

Die größte Überraschung erlebte die Experten Gruppe jedoch später, als sie feststellten das es auf dem gesamten Schiff keinerlei Metalle mehr gab. Diese Tatsache schlug wie eine Bombe ein, zumal da Kunststoffe verwendet worden waren die den Menschen völlig unbekannt sind. Doch die Überdachungen gingen noch weiter ... Wie die Kunststoffe miteinander verbunden waren, nirgendwo gab es Schweiß-, oder Klebestellen. Selbst zwischen den einzelnen Übergängen fanden sich keinerlei Grenzschichten, das molekulare Gefüge des einen Kunststoffes ging in den andern über ...

Das Raumschiff schien äußerlich völlig identisch, auch in seiner Funktion, doch übertrafen die Eigenschaften der Kunststoffe bei weitem die Festigkeiten der vorherigen Metallverbindungen. Den Fachleuten war es unbegreiflich, das es so etwas überhaupt geben konnte. Besonders die Verwendung von Nichtmetallen im Reaktorblock beeindruckte, dort wo

Temperaturen von einigen tausend Grad herrschten und dazu noch extreme Druck und Strahlungsverhältnisse ...

All die Probleme an den Generationen von Wissenschaftlern der Menschen schon gearbeitete hatten, waren bei der Konstruktion dieses Schiffes gelöst worden. Das Wirken einer fremden Hochtechnologie war unübersehbar. Wenn nur Nora wieder ihr Bewusstsein erlangen würde?

Doch Nora lag weiterhin im Koma. Aus allen Teilen der Erde reisten Spezialisten an, sie untersuchten und berieten sich, aber auch sie fanden keine Erklärung. Später als sie keine andere Möglichkeit mehr sahen griffen die Ärzte zum letzten, radikalen Mittel ...

Der Elektroschock musste mehrmals vorsichtig wiederholt werden, um nicht den Fötus zu gefährden – doch erst in Kombination mit anderen Methoden zeigte sich eine Wirkung ...

Nora erwachte endlich ...

Als sie später erzählte, glaubte man ihr anfangs nicht, zu phantastisch klangen ihre Berichte. Langsam aber verflogen die Zweifel, sie wichen der Begeisterung, aber auch der Erschütterung.

Begeistert waren die Menschen, weil sie merkten das sie offenbar auf eine völlig fremde Art von Leben gestoßen waren und erschüttert, weil die Fünf Menschen dort festgehalten wurden, und sie nun in doppelter Gefahr schwebten ...

Inzwischen wusste man, Nora's Schockerlebnis wurde durch die dortige Sonne, Sigma, initiiert, sie vergrößerte sich bei ihrem Vorbeiflug innerhalb von Minuten um ein Viertel ihrer Größe. Nora glaubte einem bevorstehenden Novaausbruch nicht mehr rechtzeitig entgehen zu können. Sie dachte an die Freunde auf dem Planeten, an ihren Vater, festgehalten von diesem eigenartigen Planeten, an das Wesen selbst und daran das nun alles umsonst wäre, das auch sie sterben müsste ohne auf der Erde Bescheid geben zu können. Das überforderte zusammen mit ihrer beginnenden Schwangerschaft die stark angegriffenen Nerven – der Kollaps trat ein.

Wenn, was Nora berichtete auf Wahrheit beruhte, dann hatte dieses Planetenwesen noch sehr viele, andere Intelligenzen kennen gelernt und verfügte über Wissen, das der Menschheit bisher verschlossen war, es könnte von allergrößtem Wert sein ...

Allein schon das Schiff das ER umkonstruiert hatte, brachte ihnen einen enormen Wissensaufschwung. ER sparte damit den Menschen jahrzehntelange Forschungsarbeiten ...

Und wenn mit IHM, wie Nora sagte, über alles diskutiert werden konnte und ER auch zu seinem Wort stünde, könnte die Menschheit sogar mit einer wertvollen, dauerhaften Freundschaft rechnen.

Wochen später rüstete sich eine ansehnliche Flotte der Menschen um IHM zu helfen.

Nora war soweit wieder hergestellt das sie trotz ihrer Schwangerschaft den Trupp anführte, als Vorhut sozusagen. Sie würde auch mit IHM alles nötige absprechen um die Freunde frei zu bekommen. Sie war überzeugt, das es ihr gelingen würde ...

Vom Gefühl her war es für sie ein überragendes Ereignis. Zum ersten Mal in der Geschichte der Menschheit einer anderen Intelligenz auf gleichberechtigter Basis zu begegnen und sogar Hilfe zu leisten.

≻Eigenartig≺, dachte sie bei sich. ≻ER ist schon so alt, der Menschheit gegenüber ein Greis. Und gewiss ist ER in einigen Beziehungen den Menschen sehr weit voraus, aber dennoch hatte ER doch eine zu einseitige Entwicklung durchgemacht. ER hätte einfach wissen müssen das SEINE Sonne nicht mehr unendlich lange brennen würde, denn jeder Stern hatte eine Geburt und auch einen Tod. Zehn Milliarden Jahre hatte sie SEINEM Planeten geleuchtet und da sie der Sonne der Menschen sehr ähnlich war, hatte sich nach dieser Zeit all ihre Lebenskraft erschöpft. Sie schwankte nun in instabilen Bereichen, den Weg den alle Sterne einmal gehen müssen. Sie blähen sich in einem letzten Aufwallen der Energien schließlich auf, um als Nova zu explodieren und all ihre Planeten mit ihrem feurigen Atem zu verschlingen. Zurückbleiben würde ein weißer Zwerg ohne jeden Planeten ...<

Die Männer schauten noch lange in die Richtung in die Nora verschwand. Einesteils waren sie froh das wenigstens sie abfliegen konnte, andererseits aber wissend das Monate, wenn nicht sogar ein Jahr vergehen würde, ehe sie zurück sein konnte. Was würden sie hier die lange Zeit über nur anfangen?

Gewiss, da war ER, mit ihm konnten sie reden, vielleicht auch noch viele offene Fragen klären, ihre Unfreiheit aber empfanden sie deutlicher denn je.

Warum nur hielt ER sie weiter fest? ER könnte gewiss ein weiteres Raumschiff bauen. Oder fehlte IHM wirklich an spaltbaren Material für die Antriebe?

Unabhängig von diesen Gedanken, war es den Menschen durchaus klar, dass sie IHM helfen mussten und würden, ob sie nun Geiseln waren oder auch nicht. ER war ja durchaus ein einsichtiges und vernünftiges Wesen, das logisch und folgerichtig handelte. ER hatte nur eben sehr viele schlechte Erfahrungen gemacht und war nun misstrauisch, andererseits war ER aber durch sein Verhalten auch nicht ganz unschuldig daran. ER hatte sie einfach falsch begonnen seine Begegnungen mit andere Zivilisationen. Trotzdem war ER vom Grunde seines Wesens her Gut, so fühlten es die Menschen jedenfalls. Sie waren überzeugt, wenn Nora mit den Rohstoffen kommt, würden sie alle frei kommen.

Doch es kam anders ...

ER hatte Fragen an die Menschen, die ihm offenbar sehr wichtig waren.

»Menschen, meine Sonne beginnt plötzlich zu pulsieren, das hat sie früher niemals getan!«

ER öffnete für sie ein Stück Himmel. Die Männer sahen es schon mit bloßen Augen und ahnten was nun bald geschehen würde.

Als sie ES ihm mitteilten, spürten sie sein deutliches Entsetzen ...

ER wusste was eine Nova ist, aber er kannte weder die Auswirkungen noch ihren Mechanismus genau. ER ahnte aber das eine große Gefahr auf ihn zukommen würde und nicht nur für ihn, für die Menschen die ER festhielt ebenfalls, für die ER sich nun zum ersten Mal wirklich verantwortlich fühlte.

»Mensch, ihr wisst vielmehr über den Weltraum als ICH, könnt ihr eine Nova abwenden?«

»Nein, nicht mit unseren Mitteln – wir können jedoch die Zeit ermitteln die uns allen noch bleiben wird!«

»Nein, nicht uns allen, das ist einzig und allein MEIN Problem, unter diesen Umständen benötige ICH keine Rohstoffe mehr, ICH habe also auch keinen Grund euch weiter festzuhalten, eurer Tod würde MIR keinerlei Nutzen bringen, ICH werde euch frei lassen. Ich bitte euch nur um eines, sagt MIR die Zeit die mir noch bleiben wird ehe ich ausgelöscht werde ...«

»Das empfinden wir doch als selbstverständlich, nur haben wir kein Raumschiff hier um die Sache genau zu untersuchen!«

»Das ist kein Problem für mich!«

»Wir brauchten für die entsprechenden Messungen eigentlich zwei!«

»Auch das ist möglich!«

»Du sagtest doch das DU kein spaltbares Material mehr hast, ist das wahr?«

»Das ist wahr, aber ICH habe etwas besseres!«

»Besser als unsere Kernreaktoren?«

»Ja, eure Kernreaktoren haben einen sehr geringen Wirkungsgrad. Ich verfüge über chemische Reaktoren mit absolutem Wirkungsgrad, die euren atomaren völlig gleichwertig sind.«

»Das heißt aber auch das du Raumfahrt betreiben könntest.«

»Sicher, ICH habe in den letzten Jahren viele Automatenschiffe entsandt, nur dauert es eben lange, ehe sie zurück kommen, wie ihr wisst aber denke ICH in anderen Zeiträumen ... trotzdem bin ICH nun irgendwie traurig, weil MEINE Zeit schon gekommen sein soll. ICH wollte noch so vieles erforschen, erfahren und ICH hätte euch gerne zu Freunden gehabt.«

»Noch ist nichts verloren, wenn DU die Raumschiffe erschaffst, können wir morgen starten, vielleicht finden wir auch eine Möglichkeit für DICH und der Ausbruch der Nova lässt uns noch einige Jahre Zeit ...!«

Die Menschen hatten zwei Gruppen gebildet. Der Kommandant, Erg und Maling bildeten die eine und Futang und Jung die andere ...

Sie steuerten ihre Schiffe in den freien Raum, dieser fremden Sonne entgegen, führten ihre Messungen durch, rechneten, erarbeiteten Computerprogramme, schufen räumliche Modelle des Sonnenkerns und der koronalen Prozesse um sich langsam einem recht realen Ergebnis zu nähern.

Sie erhielten einen Wert von 5,3 Jahren bis zum Ausbruch, eine Zeitspanne die es erlauben würde wirkungsvolle Gegenmaßnahmen zu ergreifen. Doch würde ihr Wissen dafür reichen? Sicher würden sie Spezialisten von der Erde benötigen.

Nach Abschluss ihrer Ermittlungen vor Ort, drehte sie ihre Schiffe und flogen zurück. ER teilte wieder die milchig graue Masse seines Körpers in welche die Menschen tauchten und schließlich landeten ...

ER kam in Form eines Gallerfingers. Als sie auf die Rampe hinaus traten hatte ER eine etwa menschliche Gestalt angenommen und sprach zu ihnen ...

ER war freundlicher, jedenfalls anders als vorher und lauschte interessiert ihren Berichten ...

Futang entwickelte eine Theorie, die es ‚IHM‘ ermöglichen würde SEINEN Planeten aus der Umlaufbahn driften zu lassen ... es hing jedoch weitgehend von seinen eigenen Möglichkeiten ab. Die Menschen allein jedenfalls wären kaum in der Lage so etwas in einer solch kurzen Zeitspanne zu erledigen.

SEINE Möglichkeiten, das zeigte sich schon bald, waren geradezu phantastisch, ER konnte fast alles erreichen und brauchte dazu eigentlich nur Details einer Sache zu kennen ... Am besten aber konnte ER vorhandenes kopieren, dabei spielte es keine Rolle ob es zu verkleinern oder zu vergrößern war. Diese Tatsache brachte Futang zu einem Einfall ...

»Die Triebwerke die DU für die Raumer konstruiert hast enthalten doch überhaupt kein Metall? Und diese Kunststoffe überstehen tatsächlich Tausende von Grad, auch auf die Dauer?«

»Ja, selbst nach hundert Jahren werden sie keine Ermüdung zeigen!«

»Und wie sieht es mit dem Treibstoff aus?«

»Auf meinem Planeten gibt es viele natürliche Vorkommen an Öl und Gas aus welchen ICH jeden beliebigen Stoff synthetisieren kann ...«

»Auch Millionen Tonnen?«

»Auch das ist möglich!«

»Dann haben wir tatsächlich eine reelle Chance ... wenn es DIR gelingt die Triebwerke Eintausendmal so groß zu bauen?«

»Ja auch das, doch nun erzählt mir was ihr vorhabt?«

Futang begann ...

»Die Rotationsachse deines Planeten steht stark geneigt gegen die Ekliptik, wenn es gelänge solche Triebwerke direkt auf die Drehachse zu installieren, wäre es möglich DEINEN Planeten langsam und gleichmäßig aus der Bahn zu drängen. Es müsste natürlich noch genau berechnet werden. Bei genügend großem Schub kann es gelingen DEINEN Planeten innerhalb von wenigen Jahren aus der Bahn zu drängen, zumindest so, dass DICH die explodieren Sonne nicht mehr erreichen kann. Wahrscheinlich aber werden dabei eine ganze Reihe anderer Probleme aufgetreten. Die natürliche Biosphäre wäre zum Untergang verurteilt, Licht und Wärme werden fehlen usw. ...«

»All diese Dinge können MICH nicht erschüttern, ICH werde mit ihnen fertig. ICH scheue weder Arbeit noch Mühe. Nur eines werde ICH in recht beträchtlichem Umfang brauchen – Metalle für die Umorganisierung, meiner Stoffwechselprozesse!«

»Ich denke doch das wir uns darüber einig sind, Nora wird hoffentlich bald mit einer kleinen Flotte zurückkommen. Wenn DU dann alle Metalle gegen Kunststoffe austauschst, werden sie dir für den Anfang sicher reichen ...«

»Und DU glaubst tatsächlich das deine Spezies das für mich tun wird?«

»Natürlich werden wir es durchsetzen und für DICH bürgen!«

»Diesen Dienst würdet ihr mir wirklich erweisen?«

»Warum nicht, ich bin sogar sicher, das alle Menschen DIR mit Freude helfen werden, schließlich hast DU uns viele, neue Kunststoffe und Elaste geschenkt, schon das alleine würde für einen materiellen Ausgleich ausreichen!«

»Wenn es sein sollte wie ihr Menschen sagt, so werdet ihr von MIR alles erfahren was ich weiß, auch wenn ich nur die Hoffnung haben darf zu überleben!«

»Ich bin sicher das alles versucht werden wird um DIR alles nötige zu überlassen. – Doch nun sind wir in Zeitdruck, fangen wir an ...«

Wochenlang arbeitet ‚ER' an den Triebwerken und Treibstoffen, die Menschen führen die entsprechenden Berechnungen aus. Noch in diese Arbeiten vertieft gab ER die Ankunft der kleinen Flotte um Nora bekannt

Futang startete sofort um ihr im freien Raum zu begegnen und schilderte die veränderte Situation. Nora war begeistert, das ER die Menschen ohne weitere Sicherheiten von sich aus frei gelassen hatte. Der Befehlshaber der Erdflotte war jedoch überaus skeptisch, ließ sich aber mehr und mehr von den Argumenten der beiden überzeugen, er landete schließlich mit allen Schiffen in IHM.

Als ER sich über sie stülpte, hatte dieser Vorgang durchaus etwas beängstigendes und doch vertrauten die Menschen Futang und Nora, die es schließlich besser wissen mussten.

Sorgen machte sich wohl jeder, weil sie in diesen Momenten besonders dieses Ausgeliefertsein empfanden. Was wäre, wenn IHM plötzlich einfiele alle gegen ihren Willen da zu behalten? Hätten sie dann noch eine Chance? Doch war ihre Sorge unbegründet, nach fast vier Stunden hatten sie ihre Schiffe wieder zurück.

Allgemeine Überraschung brachte die Tatsache, das es eigentlich nur noch dem Aussehen nach die Schiffe der Menschen waren ... Sie verfügten einfach über alle technischen Neuerungen und Raffinessen die ER kannte. Ihre Nukleartriebwerke hatten einen Wirkungsgrad erreicht, der alles jemals von Menschen entwickelte in den Schatten stellte, doch war es das nicht nur allein, auch Waffen, Werkzeuge hatte ER verbessert.

Der Tausch ihrer metallenen Schiffe gegen die aus den verschiedensten, neuartigen Kunststoffen stellte einen unerhörten Gewinn dar. Jahrzehntelange Forschungen und Entwicklungen würden ihnen nun erspart bleiben. Diese Schiffe waren einfach in jeder Beziehung vollkommen. Selbst die Computer hatten enorm erweiterte Speicherkapazitäten, doch nicht etwa als Leerplätze, nein sie waren vollständig mit SEINEM Wissen programmiert. Nichts hatte ER den Menschen verheimlicht. All seine Kontakte mit außerirdischen Lebensformen waren präzise aufgelistet. Die Experten würden Jahre benötigen um alles zu sichten und auszuwerten.

Über all das aber machte ER keine großen Worte, ER bat nur weiterhin um Hilfe ...

Nora war wieder zur Erde unterwegs, um weitere Rohstoffe zu besorgen. Den Menschen nahm sie Kopien der gefüllten

Speicherbänke von IHM mit, als materiellen Ausgleich zuzusagen ...

Auf der Heimstadt der Menschen liefen inzwischen beispiellose Sammelaktionen an. Alle nicht benötigten Metallkonstruktionen wurden abgewrackt. Es war unglaublich was besonders auch Privatpersonen an Schrott zu Verfügung stellten.

Die Weltregierung hatte wegen der Verfügbarkeit SEINER neuer Kunststoffe beschlossen einige nicht mehr dem modernsten Stand entsprechende Metallverhüttungsbetriebe abzubauen um ihm so schnell als möglich die benötigten Rohstoffe zur Verfügung stellen zu können ...

Selbst Kinder in den Schulen und Kindergärten sammelten ausschließlich Altmetalle nur für IHN. Von überall schauten die Plakate auf die Passanten, worauf ein fröhliches Mondgesicht sie aufforderte: »Helft unserem Freund aus der Not!«

Obwohl innerhalb kurzer Zeit eine große Lastraumflotte zusammen gestellt wurde, reichte ihre Kapazität dennoch nicht aus ...

ER, auf seinem Planeten, war gerührt von der Hilfsbereitschaft der Menschen und bekam mehr Metall als ER zur Zeit verarbeiten konnte und dann noch die zahlreichen metallenen Raumschiffe ...

Es kam der Tag SEINER vorläufigen Sättigung. Da die Menschen jedoch weiter gesammelt hatten, häuften sich auf den Sammelplätzen der Erde Berge von Schrott. Niemand hatte geglaubt, das es noch so viele ungenutzte Ressourcen auf der Erde geben konnte, denn die meisten der Materiakreisläufe galten längst als geschlossen. Und doch war es gut so, denn die Menschen konnten sich so erst richtig bewusst machen, welche Verschwendungen noch immer betrieben wurden und dabei gab es, wie ER den Menschen zeigte, für die meisten Metalle gleich- oder besserwertige Ersatzstoffe!

Doch so sollte es auch sein zwischen zivilisierten Wesen im Kosmos. Zusammenarbeit hieß das Zauberwort ...

Sie beide, ER und die Gattung Mensch waren Freunde geworden. Die Vorteile lagen auf beiden Seiten. Doch so schön diese neue Freundschaft auch sein mochte, trennte die beiden doch die Natur, allein schon durch ihre so unterschiedliche Größe und natürlich auch durch die Gesetze von Raum und Zeit, die sie in jeder Sekunde hunderttausend Kilometer weiter voneinander entfernte ...

Doch da gab es noch einen anderen Aspekt, ER brauchte genau wie auch die Menschen, Freiraum, um die Galaxie zu erforschen. Im Gegensatz zu den Menschen suchte er aber vorwiegend fremde, tote Welten um seine Energien und Metalle zu ergänzen.

In Zukunft würde er sehr genau darauf achten, das er seine Rohstoffe keiner anderen Intelligenz wegnahm. Warum auch? Das Universum ist groß genug für alle.

Und noch eines, ER wird in Zukunft einen großen Bogen um jene alte Sonnen, ähnlich seiner damaligen machen, die ihn fast getötet hätte ...

Seine neuen Freunde, die Menschen, hatten IHM inzwischen zuverlässige Methoden vermittelt, mit denen ER Endstadiensterne schon von weitem feststellen konnte ...

Doch was brauchte ER Sterne oder Sonnen? ER hatte seinen Planeten, hatte Reserven von der Menschheit und würde nach ihren Plänen viele metallhaltige Himmelskörper finden.

Später dachte ER oft an die so kleinen Menschenwesen und ER wurde dabei jedes Mal fröhlich ...

Irgendwann einmal würde ER sie wieder brauchen, sei es auch erst in tausend Jahren, die für IHN wie ein Tag vergingen ...

Die Aufklärergruppe mit ihrem Kreuzer, der Altair, hatte sich inzwischen längst wieder in die Raumestiefen gestürzt um nach anderen, unbekannten Lebensformen zu suchen ...

Gewiss wurden sie von der Menschheit geehrt, man hatte ihnen Orden verliehen für umsichtiges Handeln und die Rettung dieser besonderen Lebensform ohne Namen. Stolz erfüllte sie schon, aber ihre eigentliche Aufgabe bedeutete ihnen mehr. Ihre Zukunft lag dort in unbekannte Räumen, die sie für ihre Spezies zu erschließen hatten.

An IHN mussten auch sie sehr oft denken, war doch all ihre nun so wirkungsvolle, verbesserte Technik SEIN Werk. Die Kunststoffe zusammen mit den optimierten Triebwerken bewährten sich hervorragend.

Vielleicht würden sie IHN auf einem ihrer Rückflüge besuchen, denn schließlich hatten sie SEINEN optimalen Kurs durch das Universum berechnet ...

ENDE

Mein ganz persönliches Nachwort

Das Genre » wissenschaftlich-phantastisch « war ein Ost-Phänomen. Egal wie man heute zu diesem verflossenen Mangelstaat stehen mag, so hatte dieser Zweig der utopischen Geschichten seine Berechtigung. Er schaffte Freiräume zum zukunftsorientierten Denken. Natürlich war diese Literatur, wie auch vieles andere streng überwacht. nichts konnte veröffentlicht werden ohne den verlagseigenen oder zugeteilten Schnüfflern und Spitzeln vorgelegt zu werden. Weil Autoren oft zu Manuskriptänderungen gezwungen wurden, litten die Geschichten ...
Als Leser gewöhnte man sich mit den Jahren an all die aufgepfropften sozialistischen Ausdrücke und Wordhülsen, man lernte sie herauszudenken, oder einfach nicht zur Kenntnis zu nehmen.
Ich habe in den letzten Jahren viel westliche SF gelesen und gesehen und muss bei all den Raffinessen immer neuer makabrer Gedanken und Ideen sagen: Der Mensch bleibt oft, zu oft auf der Strecke – natürlich gibt es auch rühmliche Ausnahmen ...
Die überwiegende Menge der Geschichten und Filme der letzten Jahre beschreiben, makabre, hochtechnisierte Endzeit-Apokalypsen, wo der Mensch reduziert auf seine niedersten Instinkte zum Raubtier verkommt.
Mögen diese Geschichten in manchem Falle auch als Mahnung verstanden werden damit diese düstere Roboter-Endzeit nie real wird – so ist trotz allem darin die Hoffnungslosigkeit für die Zukunft allgegenwärtig und nicht zu übersehen. Ich finde diese Tatsache bedenklich, denn eine so düster ausgemalte Zukunft kann eigentlich nur düster werden ...

Peter Müller

Das erste Buch des ostdeutschen Autors nach der Wende. Es enthält vier Geschichten.

1.Belinda,

spielt in einer möglichen Zukunft, in der die menschliche Spezies weite Regionen des Universums mit Ihresgleichen zu besiedeln sucht – Belinda erzählt von der Inbesitznahme einer neuen Welt.

2. Silikaten,

erzählt die Abenteuer eines scheinbar unbelebten, mysteriösen Planeten, der sich alles andere als gastlich erweist. Es geschehen dort überaus seltsame Dinge. Menschen werden versteinert oder in den Wahnsinn getrieben.

3. Basalt,

ist der Zweite Teil von Silikat. Manches klärt sich auf, aber nicht alles, zu fremdartig kann Leben sein.

4. Havarie,

der einzig überlebende Mensch steuert als Querschnittsgelähmter, nur mit Hilfe von Roboterkrüppeln, das Fragment eines verunglückten Grossraumschiffes zur Erde.

Ein Libri Books on Demand zum Preis von DM 14,80
» Auch im Internet http://www.libri.de «
» ohne Versandkosten «

Das zweite Buch, ein Roman, baut auf Versuche, Elementarteilchen mit unendlicher Geschwindigkeit zu bewegen und auf Fortschritte in der Humanmedizin. Im Jahre 2099 begeben sich junge Paare auf einen langdauernden Forschungsflug.

Ein Libri Books on Demand zum Preis von DM 19,80
» Auch im Internet http://www.libri.de «
» ohne Versandkosten «

Das Riesenschiff strandet auf einem unbewohnten Planeten, unendlich fern der Erde. Die Schiffsärztin Leila und Fünf komatöse Patienten, von denen einer ihr Mann war, werden zu ihren ständigen Gefährten. Fehlende Liebe und die Sinnlosigkeit ihres Daseins lassen Suizidgedanken aufkommen. Empfindungen, Gefühle und moralische Machbarkeiten kämpfen in ihr. Die menschlichen Hüllen werden zur Grundlage – Invitro Vertilisation, Leihmutterschaften und eine so ganz andere sexuelle Moral werden zum Ausweg. Abenteuerliche Kontakte mit anderen Havaristen bereiten Probleme und liefern Spannung. Fast nebenbei entsteht der Grundstein einer autonomen Menschheit. Leila billigt einer Frau Kühnheit, gepaart mit Verantwortung und Humanismus zu, sie zeigt was möglich ist.

Bei dem Dritten Buch handelt es sich ebenfalls um einen Roman.
Eine Expedition der Menschen zu einem Schwarzen Loch droht im Chaos
zu enden, als fremde Wesen eingreifen und sie in den Hyperraum
retten. Durch die Aliens lernen die Menschen die mächtigste und
älteste Zivilisation in unserem Universum kennen, im letzten möglichen
Augenblick, sozusagen... Im Kerngebiet unserer Galaxis, der
Milchstrasse, künden katastrophale Prozesse von einer nahenden
Hypersingularität in Form eines zentralen schwarzen Loches, welches
riesige Bereiche des Universums zu zerstören droht. Die Giganten, die
über wahrhaft gigantische Möglichkeiten verfügen stürzen sich in den
Kampf gegen die unbelebte Natur. Neutronensterne und Schwarze
Löcher werden aus dem Kerngebiet verbannt, zerstört oder neu
gruppiert. Eine Dritte hochentwickelte Zivilisation tritt auf den Plan
und gibt den scheinbar allmächtigen Giganten zu denken.

Ein Libri Books on Demand zum Preis von DM 9,80
» Auch im Internet http://www.libri.de «
» ohne Versandkosten «

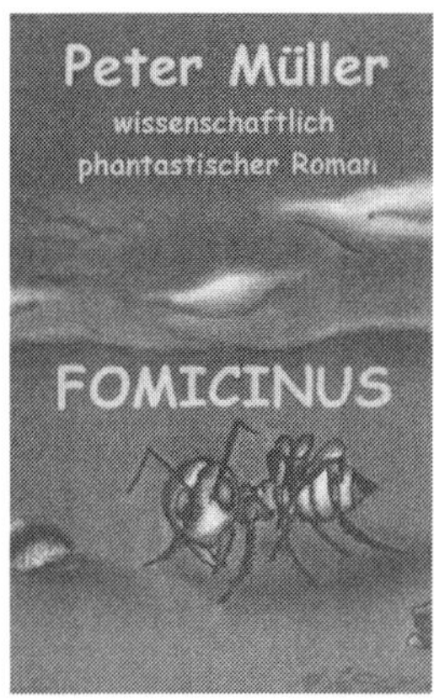

Inhalt

Formicinus spielt wenige Milliarden Jahre nach dem Urknall, als Insekten die ersten und einzigen Intelligenzen im Universum verkörperten ...

In spannender und Ideenreicher Weise entsteht eine längst vergangene Welt – intelligente, raumfahrende Ameisen befreien einen entfernten Planeten einer minder entwickelten Rasse vom Joch eines feudalen Kastensystems. Übereinstimmungen mit unserer heutigen Welt sind nicht auszuschließen ...